病と障害と、傍らにあった本。

齋藤陽道
頭木弘樹
岩崎 航
三角みづ紀
田代一倫
和島香太郎
坂口恭平
鈴木大介
與那覇 潤
森 まゆみ
丸山正樹
川口有美子

病や障害の名でひとくくりにできない
固有の症状や想い。
誰かと分かち合うこともできず。

そんなとき、傍らには
どんな本があったのか。

病と障害と、傍らにあった本。

目次

本を知る

母の絵日記

齋藤陽道

私も　あるとき
誰かのための虻《あぶ》だったろう
あなたも　あるとき
私のための風だったかもしれない

吉野弘「生命は」より

さいとう・はるみち　一九八三年東京都生まれ。写真家。生まれつき聞こえに障害がある感音性難聴と診断を受ける。中学生まで「聴文化」で育ったのち、都立石神井ろう学校入学を機に「日本手話」と出会う。またその頃から写真を始める。二〇一〇年に写真新世紀優秀賞受賞。二〇一一年、写真集『感動』、二〇一九年『感動、』（いずれも赤々舎）刊行。二〇一三年、ワタリウム美術館にて個展「宝物」開催。私生活では同じく感音性難聴である写真家、盛山麻奈美と結婚。二人の間に生まれた子供は二人とも聴者だった。二〇二〇年、息子へ歌う子守唄をきっかけに「うた」を探る日々を追ったドキュメンタリー映画『うたのはじまり』（河合宏樹監督）が公開。エッセイ集に『声めぐり』（晶文社）、『異なり記念日』（医学書院）他多数。

いま、そばに一歳の次男がいる。彼は七ヶ月のころから、本を読みはじめた。この文章を書いているたったいまも、お気に入りのノンタンの絵本をめくっている。集中しすぎて、半開きになった口からヨダレがツーッとたれることもある。

四歳になった長男は、このごろ、ひらがなやカタカナを読めるようになった。それが嬉しいようで、指文字といっしょに声もだして一文字ずつ読み上げている。指文字の一粒が連なって、やがて意味をもつひとつのことばとなっていく。

彼らが手にしているものは、まだよくわからない文字や絵が印刷された紙が束になっているだけのものにすぎないはずだ。けれども、本から広がる世界に一生懸命な様子を見ながら、やっぱり「読んで」いるのだと思う。

たとえば、彼らにまっさらなノートを渡しても、クレヨンで絵を描こうとはするけれど「読もう」とはしない。当たり前のことかもしれないけれど、本を読むという行為の始原にいる彼らの様子を見ていると、あらためて「本」というものの特別さを思う。

彼らはたしかな何かを求めて、本を手にしている。

飽くことなくページをめくって、その中にあるものを欲している。

なにを感じて彼らは本を手にするのだろう。

そう考えるとき、「なぜ、ぼくは本を読むのだろう」という自問自答にも行きつく。

ぼくはずっと本が読めなかった。

本を読むことが楽しいと思えるようになれたのは、二十歳を半ば過ぎてからだった。それがいまでは、文章を書いたり、写真集を出したりと、自分で本をつくるようになっている。

そうしたぼくを培ってくれた大切な本について、どこから語ればいいのか、難しいのだけど、まずは本をつくるときの気持ちから始めようと思う。


二〇二〇年現在、自著は七冊刊行されている。自費出版も含めれば、二十冊近くになる。それらの本を生み出すにあたって、どのような想いが底を支えていたかと考えるとき、子どもに向けて、うたを歌うときの感覚が似ているなと思う。

ぼくは、生まれつきの感音性難聴で、補聴器をつけても音が明瞭に聞こえるわけではない。そのうえ、周囲の雑音も混じってくる。ノイズだらけの音の中から、自分に必要な音を聞き分けていく……ということを幼年期からおこなっていた。

なので、音楽やうたには三十年間まるで縁がなかった。むしろ、人一倍、嫌悪していたといってもいい。

それがいまや、子どもとの生活で「うたう」ことが当たり前になっている。

産まれたばかりの新生児と散歩しているとき、なんとなくつぶやいていた子どもの名前が、いつのまにかリズムをはらんで、さまざまなイメージを呼ぶ。そのイメージを、また、リズムにのせて声にだしていく。リズムの心地よさにゆだねるまま声を出していたら、子どもが眠った。「あ、いま、ぼくはうたっていたんだ」と驚いた。

その体験が、ぼくにとって「うた」との初めての出会いだった。


そのひとりに、声を届けたい。

「うた」が生まれるには、ひとりに向ける想いが、まずあった。あふれる想い。ふつふつと湧いてくる想いが、心を撫ぜていく。その心地よさにゆだねながら、想いを、声という形にして出す。リズムによって、声が心地よくなる。すると、新しいイメージが集まってくる。

そうして、声のありようを模索するようになる。もっとうるわしいものとしてあらしめるために、声をつむいでみる。その繰り返し。

ぼくにとっての「うた」は、目の前のひとりの人間に想いをそそぐことで生まれる瑞々しいものだった。そして、未来で生きる成長したひとりの心を太く、強くあらしめるものであってほしいという願いもこめていた。

うたうときに抱いていたこの願いは、ぼくが「本」をつくろうとするときの気持ちの底にもあるものだった。

「うた」も「本」も、ひとりに向ける想いがあってこそだった。

一方で、その願いには、ひとりずもうにも似た滑稽さもある。どんなに模索したって「そのひとり」へ、いったいどういうふうに伝わっていくかなんて、決してわからない不断の哀しみがある。とてつもなく、独善的なことだと恥ずかしくなってくる。

それでもなお、いまここにいるひとりと、彼方で待っている未来のだれかの何かに焦点を向けなければ、「うた」も「本」も生まれない。だから、諦めることもできない。

より未来へと残るように、ことばを、写真を、絵を、文章を、装丁を、一冊全体としてのリズムを練磨したものが「本」。

遺された文字の底に眠る書き手の願いを受け継ぎながら、自分自身の足で立つ勇気をもたらしてくれる奇跡の果実としての「本」。

私が私であるためのアイデンティティを固める恵みであり、私の存在自体を深く脅かす諸々《もろもろ》（社会問題、暴力、罪責、性差、障害、病、生死……）からの恐怖を制する手綱としての「本」。

長くなったけれど、これらをぼくの考える「本」の定義とする。

この定義においての、ぼくにとっての大切な「本」……、そう考えて思い浮かぶ本は「母の描いた絵日記」だった。

＊

幼年期、聴者（聴覚に障害がない人）の耳において自然に聞こえる発音へと近づけるべく、日夜を通して訓練がおこなわれていた。

物には、それぞれに固有の名前がある。そのことを学ぶべく、家の中には、いろんな名前の書かれたシールがそこかしこに貼られていた。

たんす。れいぞうこ。すとーぶ。ひきだし。おなべ。まど。てれび。すぷーん。ふぉーく。てーぶる。

そうしたことばを覚える訓練の一環として、母は絵日記を描いていた。読み聞かせに使って、ことばの概念をふくらませるためのものだという。

一週間に二、三回、その日に起きた出来事をスケッチブックに二ページずつ。

絵日記は発音訓練を学ぶ「きこえとことばの教室」に入った二歳から、卒園までの四年間、続いた。ダンボールにぎっしり詰まったスケッチブックは、三十～四十冊ほどあった。

この絵日記が、自分の意思ですすんで読んできた本であり、ぼくの心の深いところをもっとも支えてくれた本だった。

幼年期の記憶が、ほとんどない。原因はいろいろと考えられるけれども、実感としてしっくりくるのは、「きれいな発音ができているかどうか」「相手のことばを正確に聞き取れているかどうか」ということばかりに全精力をそそいでいたためだろう。

自分では理解できない発音を他者の耳にゆだねるまま、その良し悪しを朝から晩まで宣告される。挨拶といったなにげない会話すらも、正確性を求められる（のだと思い込んでいた）。

本来ならば、発音そのものよりも、そのあとに続く、相手と交わすやりとりの中身の質こそが重要なのに。会話の入口にすぎない、ことばの発信と受信だけで一日中くたびれていた。

五歳くらいから宿題として自分も日記を書くようになったけれど、会話できたという実感を持てたことがないため、書くことがなくて困っていた。先生や母が見ている前でいつまでたっても書くことが思い浮かばず、冷や汗ばかり出ていた。

今でも、日記を書くときにはオシッコがじわりじわりと漏れていくような焦りを思い出す。

早く机から離れたい……。その一念で、どこかで見たような「大人が喜ぶ文章」を覚えていく。

幼年期のぼくにとって、文章を書くことは大人を喜ばせるためだった。

現在、大人になってみて、子どもに書くことへの苦手意識を負わせることは本当に罪なことだと思う。文章を書くことは、誰のものでもない、自分のなかにある想いの機微を深めていく神聖な行為なのだから。

自分の血肉の通わない文章で書かれた日記なものだから、つい昨日、自分で書いたはずの日記を読んでも、ちっともおもしろくない。むしろ、自分のうすっぺらさにがっかりしてしまうのが嫌で、二度と読み返したくないシロモノだった。

小学高学年から中学生にかけて、自分の感情から浮かび上がることばよりも、聴者に伝わりやすい発音を優先したことばで話すことが、無意識のうちに当たり前となっていた。実感がまるでない、冷たく乾いたことばだけがつるつると口をついて出てくる。

相手から話されることばは断片的にしかわからない。内心ではとても焦りつつ、すました顔をしながらきれぎれに理解できた単語から、相手の言いたいことを推測する。けれども、話がはっきりと理解できることは家族であっても稀《まれ》なため、ことばの推測には終わりがなかった。

「なめらかに話せるようになりたい」「彼らのように、なんの苦労もせず、話を聞けるようになりたい」という羨望が高まる一方で、ろう者としての自分自身への自己肯定感は根本から失われていく。

「聞こえる人のほうが偉い」「彼らの耳に媚《こ》びなくては、ぼくはこの社会で生きていけない」そういう思いが深く根付いていた。

このとき、いつもわけのわからない怒りにかられていた。学年があがり、身体が大きくなるにつれ、苛立《いらだ》ちもひどくなり、攻撃的になっていく。

何の権利ももつことができない奴隷のように卑屈になって、自分の気持ちを抑え込む日々が続く中で、ふくれあがっていく己の凶暴性を恐ろしく感じていた。

感情をコントロールできない自分を嫌悪しながらも、二人の妹に冷たくあたる日々だった。このままでは、いずれ自分より弱い存在を狙《ねら》って、残虐な行為をしてしまうだろうなという予感に怯《おび》えた。だけどそれが自分の性格なんだから直しようがないと絶望していた。

ところが、十六歳になって、都立石神井ろう学校に入学し、手話と出会ったことが大きな転機となった。

自分の意志で選んだことばを発することができる。

自分のことばが相手に伝わっている。

相手のことばも、わかる。

ことばが、循環している!

あれほど難しいと思っていた朝の挨拶すらも、いっさいのひっかかりを覚えることなく伝えあうことができた。それが毎日、涙が出るほどに嬉しかった。

憧れつづけてきた「ふつう」の会話を重ねるにつれ、聴者の耳におもねるばかりだった、からっぽなぼくのことばに血肉が通いだした。

これがぼくのことばだ。

そう思えることが、無類の幸福だった。

その幸福感とともに過ごした、ろう学校生活だった。

ろう学校生活の数年間を通して、ことばに対するわだかまりがだんだんと薄れていく。それにともない、かつての暴力的な衝動は溶けるようにあっけなく無くなっていった。


音声で会話するときは、口元の動きも、ことばを推測する手がかりにしていた。そうして口元を読み取ることに集中していたため、いやったらしく動く口元と、ぶつ切りのノイズがグワングワンと頭の中で響く。相手の顔も、会話の内容も、思い出せない。家族ですらそうだった。

音声の会話における記憶は空疎《くうそ》だった。

音声の曖昧《あいまい》な記憶と比べると、手話の会話の記憶は、その人の顔、表情の動き、手の揺れなどが、くっきりとした映像としてよみがえる。

かつて話した相手が、その時代の、その年齢のまま、はっきりと脳裏に浮かぶ。さらには、その相手がいた場所、時刻、食事、季節までもが思い出せた。

音声の会話をするときに感じていたものは、ざるで水をすくうかのような徒労感だった。それが手話の会話では、ボウルで水をぐっとすくいあげるがごとき、確かな実感があった。互いにしっかりと受け止めあえることばで会話してこそ、記憶が残る。

このことを実感できたのは、手話が自分のことばとして身につき始めた二十歳を過ぎてからだった。

＊

手話で会話を楽しめる余裕ができてから、小中学生のとき、ぼくが本を読めなかった理由は、どの本を開いても、そのすべてが聴者の描く物語だったからだと気づいた。

ぼくにとっては苦行でしかない音声の会話がふつうにできることを大前提としながら進行する物語。

「ああ、ぼくもこんなふうに、色んな人と、ふつうに、たくさんの話ができたらいいのになあ」と、本を読みながら、ひどく羨ましかった。

同時に「ぼくは、これから先、こんなふうに濃厚な話ができるようになることは、たぶん、ないのかもしれない」という絶望も感じていた。

物語を楽しむ以前に、境遇のあきらかな違いにひっかかって、本が読めなかったのだ。ぼくがただ敏感すぎるだけのことなのだろうと思う。だけど、それほどまでに「聞こえる人のようにならなくてはいけない」という呪いは根深かった。

マンガも小説も何を読んでも、物語にどうしても入り込めない。

当時のぼくにとって、本は救いにならなかった。

自分のものとしての実感をもたらしてくれる本が読みたい。

そんな思いを感じはじめた小学高学年ぐらいから、母の描いた絵日記を、ふたたび読むようになった。家族に見られるのは気恥ずかしいので、すけべな本を読むようにこっそりと。

いつしかそれは習慣になって、中学生になっても続いていた。

母にとって初めて出会う「聞こえない人」が、息子であるぼくだった。

二歳になる長男が聞こえないと判明したときの衝撃と苦悩。バーを営んでいた父は、夜仕事で、昼はたいてい寝ていた。祖父母の手厚い助けもあったとはいえ、ほぼひとりきりで三兄妹の育児をしなければならなかった。

それに加え、聴覚障害児となる息子とは、朝から夜まで発音訓練をしなければならなかった。母は、そうした日々のなかで、一度も描いたことがなかった絵を、夜三時まで起きて描いていたという。

絵日記は、主にA4サイズのスケッチブックに描かれていた。約二百文字の日記と、絵が描かれている。

いがぐり頭の少年と、その日の出来事によって、母も、ふたりの妹も、父も描かれていた。階段からおっこちて口を切ったこと、公園で友達と遊んだこと、近くの肉屋さんへお使いにいってコロッケを買ったこと、砂場で友達と遊んでいるうちに癇癪《かんしゃく》をおこして砂を口に含んだこと、買い物にいってガムを買って帰ったこと、飛行機のショーを見たこと、お誕生日会のこと、ゆきだるまをつくったこと、妹たちと庭で泥だらけになって遊んだこと、自転車にのったこと、鋸山の「地獄のぞき」でウルトラマンカードを落としたこと、ベランダで妹と遊んだこと、歌をうたったこと、イチゴのゼリーをつくったこと、妹たちと料理をつくったこと、鉄棒にぶつかって鼻血を出したこと、散歩をしたこと……という日常。

自分では、いずれの出来事も思い出せない。だけど、日記を読みながら、自分の体感を掘り起こすことで、心の中のなにかがうずく気がした。

もし、これが文章だけの日記だったなら、読むことはなかっただろう。だけど、イラストと写真があいまって残された絵日記は、明らかな存在感をともなって目に留まった。ろう者としてのぼくは、やはり視覚情報を必要としていた。つかみどころのない音声を追い求める会話にくたびれていた時期だったからこそ、イラストや写真がふんだんに使われていて、視覚的に楽しい絵日記は、自分の実感として深く沁みた。

絵日記には、母とぼくがともに暮らしてきた場所と時間があった。

母の見た世界と、ぼくの見ていた世界は、もちろん違う。絵日記を読むたびに、自分のものではない異物を飲み込むような違和感がわずかにあった。

母の絵日記を読むたびに、「こんなことあったかな」「いや、あった。でも、たしか……」こういうことだったような気がする」というふうに、忘れていると思っていた記憶が、心の奥深くでうずいた。

他者のことばを元に、自分の意思を確認する。この流れも、まさに会話だった。ぼくは母の日記を通して、かつての自分と会話していたのだ。

イラストを、写真を、ことばを、何度も咀嚼《そしゃく》しながら、とうに消え去ったはずの出来事が、ふたたび、心へ注がれてくるのを感じていた。「母の絵日記」は、ぐらぐらだったぼくのアイデンティティに、かろうじて潤いをもたらしてくれていた。

これは決して美談ではない。

手話を劣った言語として一方的に見なし、剝奪した者がいた。異なる言語を受け入れる余裕のない社会があった。

それらが、ぼくから、ことばと、記憶、そして感情を奪った。

引き裂かれる心情をかろうじてつなぎとめたものは、きれいな発音でもなく、勉強ができることでもない。

一人の者が、また目の前の一人に、コツコツとみずからを与えたという実証だ。それが、ぼくにとって大切な「本」となる「母の絵日記」だった。

この少年は、ぼくなのだ。

ぼくは、こうして生きていたのだ。

絵日記を読むたびに、そのことがいつも不思議だった。

「生命《いのち》は」　吉野弘

生命は
自分自身だけでは完結できないように
つくられているらしい
花も
めしべとおしべが揃っているだけでは
不充分で
虫や風が訪れて
めしべとおしべを仲立ちする
生命は
その中に欠如を抱き
それを他者から満たしてもらうのだ

世界は多分
他者の総和
しかし
互いに
欠如を満たすなどとは
知りもせず
知らされもせず
ばらまかれている者同士
無関心でいられる間柄
ときに
うとましく思うことさえも許されている間柄
そのように
世界がゆるやかに構成されているのは
なぜ？

花が咲いている

すぐ近くまで
虻《あぶ》の姿をした他者が
光をまとって飛んできている
私も　あるとき
誰かのための虻だったろう

あなたも　あるとき
私のための風だったかもしれない

吉野弘『吉野弘詩集』（ハルキ文庫）

子どもを迎えてからのいつかの日、吉野弘さんの詩に出会った。

そのとき、母の絵日記を繰り返し読んでいた心境を思い出した。

子どもを抱いたまま、この詩を読みながら、ぼくも彼らにとっての虻とならなくてはなとぼんやり思っていた。その想いが心に残っていたのだろう、やがて、ぼくも絵日記を描くようになった。

二〇一九年、ふたりの子どもの親となったぼくは、毎日、日々の出来事をマンガにした絵日記を描いている。

一日につき、A4ノートの一ページをまるまる埋め尽くす。七百日間は継続しているので、七百ページを描いてきたことになる。

乳児のときは、毎日の様子を文章で記録していたけれど、一歳半を過ぎたころから、めまぐるしい勢いでことばの数が増えてきた。

ぼくと妻は手話で話しかけるため、子どもも手話で返事する。

手話は、表情や手の位置、動きの強弱にも意味を含めた、きわめて視覚的な言語であるため、たとえ子どもの幼い表現であっても文章で書き残すことが難しい。

そして二人目の子どもを迎えることになり、いよいよ日常は混沌を極めた。

記録したいことはたくさんあるのに、どうしても文章ではおっつかない。写真を撮るにしても、静止した瞬間では、動的な手話の魅力を本当に引き出すことはできない。映像にしても、整理しなければどんどん溜まってしまって見返すこともできない。

困ったなあと思っていた。

そんな折、マンガを読んでいて、はたと気づく。

「マンガなら、手話の動きや表情も、文章も、絶妙な沈黙も、同時に描けるんじゃないか？」

それがきっかけとなって、彼らから日々新しくうまれることばをマンガにして、毎日、描くようになった。

世界のあらゆるものが豊かなことばとして目の前に現れているんだよということを伝えたいと思って、『せかいはことば』というタイトルにしている。

描き始めたときは、「毎日一ページも描くことなんてないだろうし、忙しくて続けられないだろうな」と思っていた。だけど予想に反して、まったく飽きないし、続けられている。

いつか大きくなった彼らがこの絵日記を読んで……どう思うのだろう。

なにかしら継ぐものとなっていくだろうか。わからない。わかるわけもない。

ぼくとしては、日々、世界を切り拓いていく彼らのまぶしいことばをただ描くだけだ。

そのつど新しく立ちあらわれる「今」をまっとうするために、今日のことをただ描き残す。

それでも、毎日、新しく驚くような出来事がやってくる。日々に溢れるいろいろなカケラを感じながら、自分自身に嘘をつかず、目の前の出来事に集中して、即興でうたうように絵日記を描き続けている。

ときどき、子どもの様子をうまく表せた会心の日記が描けたとき、「あぁ、いいものが描けた」と嬉しくなる。そして、「母もこのような想いを抱きながら、絵日記を描いていたのかなあ」と想像する。

そのとき、母がぼくを見つめていた昔の時間と、今、ぼくが子どもたちを見つめている時間がひとつらなりになる。そして、この時間は、未来へも続いている。

そう考えるとき、人が人をコツコツと想い続けることの凄《すご》みに対面する。とほうもない思いにとらわれる。

そのひとりを想ってつくられた「本」は、まちがいなく時間を超える。いまの時代だけでなく、過去のひとと未来のひとたちをも結びつなげてくれる「本」は、時間を超えて出会う友人なのだ。

この実感を持って、本棚を見る。そこには綺羅星《きらぼし》のごとく、あまたの想いがつまっている。

いま、ぼくは友人と出会うように本を読めている。

本嫌いが病気をして本好きになるまで

頭木弘樹

将来にむかって歩くことは、ぼくにはできません。
将来にむかってつまずくこと、これはできます。
いちばんうまくできるのは、倒れたままでいることです。

フランツ・カフカ著、頭木弘樹訳「フェリーツェへの手紙」よりかしらぎ・ひろき　文学紹介者。大学三年の二十歳のときに潰瘍性大腸炎を患い、十三年間の闘病生活を送る。そのときにカフカの言葉が救いとなった経験から二〇一一年、『絶望名人カフカの人生論』（飛鳥新社、のちに新潮文庫）、二〇一六年、『絶望読書―苦悩の時期、私を救った本』（飛鳥新社、のちに河出文庫）などの著書を刊行。また、二〇一九年、ドストエフスキーの『カラマーゾフの兄弟』をミステリーとして再構成した『ミステリー・カット版 カラマーゾフの兄弟』（春秋社）、落語にも造詣が深く、二〇二〇年、『落語を聴いてみたけど面白くなかった人へ』（ちくま文庫）他著書多数。同年、潰瘍性大腸炎の闘病の日々を詳細に綴った『食べること出すこと』（医学書院）を刊行。ＮＨＫ「ラジオ深夜便」の『絶望名言』コーナーに出演中。

私は今、本を書くことを仕事としている。

しかし、病気をする以前は、私は本が好きではなかった。という以前に、活字が苦手だった。読むのがとにかく面倒くさい。

だから、それを自分で書くようになるなどということは、順調に生きていたら、まずなかっただろう。

すべては、病気をしたからこそだ。

周囲の出版関係の人たちは、根っからの本好きが多いので、自分とのちがいをすごく感じる。活字を読まないと落ち着かないなどという人の気持ちは、今でもまったく理解できない。活字を前にすると、まず「嫌だ」と思う。本も、二、三ページどころか、十行くらい読んでつまらなかったら、もうそれ以上、読めなくなってしまう。

そんな人間が、本を読むようになり、「文学紹介者」として読書をすすめる本まで書くようになったのは、本との決定的な出会いがあったからだし、それによって救われたからだ。

そのことについて、少し書いてみたいと思う。

＊

大学三年生の二十歳のとき、私は突然、難病になった。潰瘍性大腸炎という大腸の病気だ。それまではとても健康だったので、思いもよらないことだった。

血便が一日に二十回以上出て、貧血になり、体重も二十六キロ落ち、熱と腹痛とで苦しみ、意識が朦朧《もうろう》として、壁を爪でかきむしるような状態だった。

入院後も、点滴スタンドを抱えて（キャスターを転がしていたのでは間に合わなかったので）、トイレに毎日、十回以上は駆け込んでいて、それだけでへとへとで、ベッドに寝ているときは、もう何もできず、何かを考えることさえ難しかった。

少し落ち着いてくると、今度は不安がこみ上げてきた。医師から、就職も無理だし、大学院に進むことも無理で、「一生、親に面倒をみてもらうしかない」と言われていた。私は遅い子どもで親はかなりの歳だったし、裕福でもなく、先行きどうしたらいいのか、まったくわからなかった。

当時は就職がとてもよく、自分の好きなところに行ける感じだった。大学院も、行きたいと思えば、教授から歓迎してもらえる状況だった。フリーターも全盛期。みんな、選択肢がたくさんありすぎて、どれを選ぶかに困っているような、贅沢《ぜいたく》な時代だった。

ところが私は、突然、すべての選択肢が失われ、未来を見ようとしても、真っ暗で何も見えなかった。

＊

そんなとき、故郷の友達からいきなり、大きなダンボール箱いっぱいのマンガが届いた。看護師さんから怒られた。数冊ならともかく、病室にダンボール箱で送ってくるとは非常識だと。私もびっくりした。なんでこんなことを、と思った。

読む気はまったくしなかった。マンガを読むような気分ではなかった。でもまあ、せっかく送ってきてくれたものだし、重いものを捨てるような体力もなかったから、そのまま置いておいた。

箱のいちばん上のマンガを手にとって、読もうとしてみたが、頭に入らない。ギャグマンガだったが、まったく面白くない。

マンガのせいではなく、自分がまったく笑えない心境なのだ。

ああ、笑えない心境なんだなと気づいて、むしろ泣けてきた。

こんなものを大量に送ってくるなんて、人の気も知らないで、と思った。

病気をしていると、その部位から信号がつねにやってくる。私の場合は大腸の病気なので、腹部から、痛みや不快感や重さのようなものが、持続的に、あるいは間欠的に伝わってくる。

激痛となると、もうもがいていることしかできないが、そこまでではない場合も、そういう信号がつねに届いていると、なかなかきつい。

チャイムを鳴らされつづけていたり、電話のベルが鳴りつづけていて、それを止めることができないとなったら、けっこうきつくないだろうか。

そんな中では、マンガですら読みにくいが、とにかくなるべく気をそらすように、マンガを読んでみた。

ようやく少し内容が頭に入ってくるようになったのは、箱の半分も読んだ頃だろうか。

そこからは、マンガを読んでいるほうが、むしろ耐えやすくなってきた。

そして、ある夕方、暗くなってきて、マンガが読みにくくなったときに、ふと気づいた。今、けっこうマンガの世界に入っていたなと。

これはとてもありがたいことだった。

これはずっと後に出会った言葉だが、カフカが手紙にこう書いている。

ここには誰もいないのです、
不安のほかには。

不安とぼくは互いにしがみついて、
夜通し転げ回っているのです。

フランツ・カフカ、ヨハン・ヴォルフガング・フォン・ゲーテ著、頭木弘樹編訳
「ミレナへの手紙」『絶望名人カフカ×希望名人ゲーテ』（草思社文庫）

まさにこういう状態だったわけだが、そこにマンガが加わってくれた。

ダンボール箱いっぱいのマンガを送ってくれた友達に、初めて感謝の気持ちがわいた。もし数冊のマンガだったら、こうはならなかっただろう。ダンボール箱いっぱいという量のおかげで、不安と私の間にマンガをはさむことができた。

後から知ったのだが、その友達は、以前に長期入院をしたことがあったのだそうだ。やはり、経験者でなければ、ダンボール箱いっぱいのマンガを送ったりはできないだろう。経験者だからこそできた、非常識であったわけだ。

けっきょく、すべてのマンガを読み切った。

何が入っていたのか、ほとんど忘れてしまったが、吉田聡《さとし》の『湘南爆走族』（少年画報社）と『湘

南グラフィティ』（同前）があったのはおぼえている。

なぜおぼえているかというと、『湘南グラフィティ』のほうに、電車の中でトイレに行きたくなり、ついに漏らしてしまう話があったからだ。

私の病気は激しい下痢をするので、何度か漏らしてしまっていた。これは当人にとってはかなりショックで、失感情症のような症状になってしまっていた。

そういうとき、漏らすことをギャグとして描いているマンガを読むと、不快に感じそうだが、逆だった。

漏らしたショックを、私は共有する相手がいなかった。たいていのことなら、誰かと「ああ、あれはきついよねー」とか言い合えるし、そういう相手が身近にいなかったとしても、どこかに同じ思いをしている人がいるだろうと思える。

しかし、二十歳で漏らす人はなかなかいないし、どこかにいるだろうと想像するのも難しかった。そんなことはどうでもいいことのようだが、体験を誰とも共有できないというのは、なかなかこたえることだった。それが、マンガの中で、登場人物が、自分と同じように苦しんで、自分と同じように恥をかいていた。

これがすごく心にしみた。自分でも意外なほどに。

＊

今の自分の置かれている境遇と、同じようなことが描かれているものを読むといいのかなと、なんとなく思った。それで思い出したのが、中学生のときに夏休みの読書感想文のために読んだ、カフカの『変身』だった。

私は夏休みの読書感想文がとても嫌いだった。夏休みという、せっかくの黄金の日々に、本を読んで、さらにその感想文を書いて、何日かつぶしてしまうなんて、冗談じゃないと、腹を立てていた。

だから、選択の基準は、なるべく早く読めそうな本。書店の文庫本のコーナーに行って、いちばん薄い本を探した。すると、それは圧倒的に新潮文庫の『変身』だった。当時は活字が小さかったので、今以上に薄かった。背表紙の『変身』という文字が読めるか読めないかくらい薄かった。

「これだ！」と思った。読んでみて、面白いとも思った。中学生くらいの頃には、誰でも自分を虫けらのようだと思うことがあるものではないだろうか。ただ、読書感想文に苦労したのは言うまでもない。

そのときは、ただそれだけのことだった。そこからカフカを熱心に読み出したわけではない。

だが、入院して、漏らしたマンガを読んだ後に、ふとこれを思い出した。

ある朝、突然、ベッドの中で虫になって、部屋から出られなくなり、家族に面倒をみてもらうしかなくなる。これはまさに今の自分のことではないか。

それで、病院のベッドで、あらためて『変身』を読んでみた。

病院のベッドであらためて読んだ『変身』は、まるでドキュメンタリーだった。

中学生の頃に読んだときは、よく意味のわからない不思議な話だと思ったし、こういうのを不条理文学というんだ、ふーんなどと思っていたが、今回は、意味のわからないところなど、どこにもなかった。

たとえば、主人公は虫になったのに、仕事に行こうとして、遅刻を気にしたりする。こういうところも、不思議と言われたり、ギャグではないかとさえ言われたりするが、突然、難病になったときの心の動きは、まったくこの通りだった。

まだ出していないレポートのこととか、出席日数の足りない授業とかを、私も病院のベッドで気にしていた。もう難病で、それどころではないのに。脱線した列車は、それでもまだ、次の駅に着くのが遅れてしまうとか、そういう心配をしているものなのだ。

その他にも、主人公の心境の変化とか、家族たちの虫に対する対応、熱心に面倒を見ていた妹が最初に燃え尽きるところとか、本当にどこからどこまで、自分の体験、あるいは病院で目にした他の患者さんや家族の体験と、ぴたりとあてはまることばかりだった。

ものすごく驚いた。カフカは重い病気にかかったこともないのに（『変身』を書いた時点では健康だった）、なぜこういうことがわかるのだろうと思った。そもそもカフカは難病で倒れた人のことを書いたわけではないのに、なぜこんなにあてはまるのだろうと思った。

文学の凄味《すごみ》というものを知った。

科学の公式が、いろんな現象にぴたりと当てはまるように、すぐれた文学で描かれていることも、いろいろな状況にぴたりとあてはまる。

ニュートンが、リンゴが落ちるのを見て万有引力の法則を発見したように、カフカも自分の家庭を観察することで、現実のある典型をとらえたのだろう。

万有引力の法則が、リンゴだけでなく、ミカンにも、人にも、月にもあてはまるように、カフカのとらえた典型も、難病にも、介護にも、ひきこもりにも、その他、たくさんのことにあてはまる。

さまざまな事例の根本にある典型をとらえる。そういうことができる文学はすごいと思った。

文学が好きな人たちがいるが、なるほどこういうことだったのかと、はじめて納得できた気がした。

まだ病気になる前の、大学二年生のとき、大江健三郎の『新しい人よ眼ざめよ』という本を手にとったことがある。本を読まない人間がつい手にとったのは、タイトルがカッコよくて、装幀もカッコよかったからだ（当時の単行本のカバーにはウイリアム・ブレイクの絵が使われていた）。

もちろん途中で挫折したが、著者が、障害のある子どもと生きていくときに、文学を読むことを支えとしているのが、とても印象的だった。本を読みながら生きるということは、当時の私にはとてもとても特殊なことに感じられた。


生涯のもっとも危機的な時期、あらためて二、三年ブレイクを読み続けることによってその「苦しい時」を乗り越え

大江健三郎『新しい人よ眼ざめよ』（講談社文芸文庫）

そういう生き方もあるんだなあと思った。自分だったら、苦しいときにはますます本なんか読めないだろう。文学者だから、こういうことができるんだろうな。自分にはまったく無縁な

世界だな、と思った。

ところが、カフカの『変身』を読んだときに、これを思い出した。自分は今、『変身』を読みながら生きている。あきらかに、それを支えとしている。文学者だけでなく、誰でも、危機的な時期には、こういうことがありうるのではないか。文学とは、そういうものなのではないか。


それで私は、引き続き、カフカを読み進めていった。

カフカを読みつづけることを、自分の危機的な時期の支えとした。

これは本当にとても支えとなった。カフカがなかったら、どうしていたのだろうと怖いほどだ。駄洒落になってしまうが、心が過負荷に耐えきれなかったのではないかと思う。

小説もよかったし、手紙や日記がまた素晴らしかった！

手紙の中で、こういう言葉に出会った。


将来にむかって歩くことは、ぼくにはできません。

将来にむかってつまずくこと、これはできます。

いちばんうまくできるのは、倒れたままでいることです。

フランツ・カフカ著、頭木弘樹編訳「フェリーツェへの手紙」『絶望名人カフカの人生論』（新潮文庫）

これには本当に感動した。

なにしろ、自分の将来がまったく見えなかったし、まさにベッドに倒れたままだったから。お見舞の人たちからは、前向きな言葉の詰まった本をたくさんもらった。でも、そういう明るい前向きな言葉は、むしろ苦痛だった。

「心から願えば、必ずかなう」と言われても、もう一生治らないと言われている病気なのだ。「笑顔でいれば、いいことしか起きない」と言われても、じゃあ、ひどいことが起きたのは、笑顔ではなかったからなのかと。病気になる前は笑っていたよ。病気になったから、笑顔を失ったんだ。

前向きな言葉を読むほど、気持ちはさらに沈んでいった。

カフカのような、後ろ向きな言葉を読むほうが、ずっと心にしみて、支えとなった。

なお、カフカの日記や手紙は、『決定版カフカ全集』（新潮社）の第七〜十二巻で読むことができる。この全集は素晴らしいので、おすすめ。ただ、残念ながら、もう絶版で、古書で入手するか、図書館で読むしかない。

＊

ドストエフスキーを読んでみようと思ったのは、カフカがドストエフスキーを「血族」と呼んでいたからだ。

『カラマーゾフの兄弟』がすごい小説だということは、私でも耳にしたことがあったし、それまで何回か挑戦したこともあった。

しかし、最初は、もう「作者の言葉」というまえがきのところで挫折してしまった。くどくどと長すぎて、とても読めなかった。拷問だとすら思った。父親殺しの話とは聞いていたが、父親が殺されるところまで到達できたことがなかった。

でも、もしかすると今なら読めるかもと、新潮文庫の『カラマーゾフの兄弟』を読み始めてみた。

すると、とても驚いた。まったく読みにくくないのだ。くどくどして嫌だった文章が、なんとも心地よい。

これはおそらく、私の心の中もくどくどしていたからだろう。病気をしていると、どうしたって悩みが増える。病気のこと、今後のこと、お金のこと……どれも、どう考えてみたところで、答えが出ない。だから、考えても仕方ないのだが、だからといって悩まないことは不可能だ。同じ悩みを毎日、何回も何回も、牛の反芻《はんすう》のように、もごもごとやっていた。

そういうときに、ドストエフスキーの文章というのは、じつにしっくりくるのだ。

そして、その内容も、Aという登場人物が出てきて悩み、Bという登場人物が出てきて悩み、Cという登場人物が出てきて悩み……さまざまな悩みが響き合う交響楽のような小説だ。

これがまた、悩んでいる人間にとっては、とてもぴったりくる。自分の悩みと同じ悩みが出てくるわけではないが、その交響楽に加われるのだ。

『カラマーゾフの兄弟』に夢中になった。ぶ厚い文庫で上・中・下の三巻。あれほど長すぎると思っていた小説が、読み終わるのがさびしいほどだった。

『カラマーゾフの兄弟』を夢中になって読んでいる私に、むかいのベッドのおじさんが興味を示した。それはそうだろう、マンガでさえ、なかなか読めずにいた人間が、いつの間にか、『カラマーゾフの兄弟』を読みふけっているのだ。

「それ、面白いの？」と聞いてきた。

そのおじさんは、ビジネス書しか読んだことがなく、それも「一ページにひとつは挿絵がないと、読んでいられないよ」という人だった。

しかし、長い入院生活で、新聞も雑誌もテレビも見飽きて、困っていた。お見舞の人との話では、会社で出世争いをくり広げていたが、病気のせいで負けてしまったようだった。挫折感と苦悩も深そうだった。

私は上巻をもう読み終わっていたので、「試しに、ちょっと読んでみますか？」と貸してあげた。

正直、数ページも読まないうちに、返してくると思っていた。その日は読みにくそうに、あっち向いたりこっちを向いたりしながら、ページをめくっていた。

ところが、翌日になると、ハマっていた。これには驚いた。私も驚いたが、もっと驚いたのが、六人部屋の他の四人だ。おじさんが本を読まない人なのは、みんな知っている。それが『カラマーゾフの兄弟』だ。「そんなに面白いの？」とみんなが興味を持ちだした。

けっきょく、みんながドストエフスキーを読むようになり、『カラマーゾフの兄弟』『罪と罰』『悪霊』と、次々と読み進んでいった。

看護師さんが入ってきて、六人全員がドストエフスキーを読んでいるので、「どうなっているの？」と驚いたこともある。評判を聞いて、他の部屋からも借りに来た。退院した人から、「あのとき、ドストエフスキーを貸してもらったことで、本当に助かった」とお礼の手紙をもらったこともある。

読書経験が皆無に近い人でも、『カラマーゾフの兄弟』にハマれるんだということを、このときに知った。もちろん、それは苦悩の時期だったからだ。

しかし、苦悩の時期であっても、誰かすすめる人がいなければ、自然と文学を読むようになったりはしない。

私が今、「文学紹介者」という肩書で活動している原点は、このときの経験にある。六人部屋で全員がドストエフスキーを読んでいる姿が忘れられない。読書は命綱だと思っている。

＊

文学を読むようになって気づいたのは、難病になった自分を受け入れられないのは、物語が急に変わってしまったからだということ。

青春物語を生きていたのに、急に難病物語になってしまったのだ。

自分が出るのは、こんな物語ではないと、どうしても思ってしまう。

もちろん、人生は物語ではない。しかし、誰でも「今」だけを生きているわけではない。過去はもちろん、未来に関しても、漠然とではあっても、こういうふうかなと思い描いている。

つまり、そこには物語がある。誰でも自分の物語を心の中で作っている。自覚はしていなくても。

そのことに気づくのは、それとまったくちがう未来がやってきてしまったときだ。こんなはずではなかった、これはちがう、これは自分の本当の人生ではない、変なわき道にそれてしまったんだ、早く本来の道に戻らなければ、と思う。

しかし、本来の道なんてものは、もともとありはしない。それは自分の思い描いた物語の中にあるだけだ。

その物語にとらわれていると、現実を拒否しつづけるしかなくなってしまう。

しかし、難病になるのは極端だとしても、誰しも、自分の思い描いた物語の通りに生きられはしないだろう。

生きることは、たえずわき道にそれていくことだ。
本当はどこに向かうはずだったのか、
振り返ってみることさえ許されない。

フランツ・カフカ著、頭木弘樹編訳「断片」『絶望名人カフカの人生論』（新潮文庫）

カフカのこの言葉も、すごくしみた。本当にそうだと思った。

物語を書きかえるしかないんだと思った。

青春ドラマを書けと言っていたプロデューサーから、翌日には突然、難病物語を書けと言われて、混乱してあわてる脚本家のように、それでもなんとか、新しい物語を書き直すしかないのだ。

物語を書き直すためには、やっぱり、たくさんの物語を知っていなければいけない。多ければ多いほどいい。

だから、今でも私は文学を読みつづける。自分の物語を新しく書き直すために。

＊

ふりかえってみると、漏らすマンガだし、新潮文庫の『変身』は薄かったからだし、『新しい人よ眼ざめよ』というタイトルと装幀がカッコよかったからだし、きっかけはじつにくだらないことが多い。

しかし、くだらないきっかけというのは、大切だなとも思う。

もし新潮文庫の『変身』が、他社のように他の短編も入れてあって厚かったら、私は生涯、カフカに出会うことはなかったかもしれない。あんなに薄い文庫を出した、誰だか知らないが新潮社の当時の担当者には心から感謝している。

病気になってから本に出会うことは難しい。ありうるとしたら、それまでに何らかのかたちでふれていた文学を、病気になってから思い出すということだ。

そのために、どんなくだらないきっかけでもいいし、そのときはまったく面白いと思わなくていいから、文学にふれておいてほしいと思う。

病気に限らず、生きることの困難に出会ったときに、思い出せるように。

この文章も、誰かが本を読むきっかけとなってくれたら、とても嬉しいのだけれど。

病をふくめた姿で

岩崎 航

——どうしてしまったのか、そこにそうして
　きりもなく泣いているお前は、
ねえ、どうしてしまった、いったいお前は
　おまえの若い日を。
　　ポール・ヴェルレーヌ、渋沢孝輔訳「空はいま、屋根の上に」より

いわさき・わたる　一九七六年宮城県生まれ。詩人。本名は、岩崎稔。三歳の頃に筋ジストロフィーを発症。十七歳の頃、未来に絶望し死を考えたが、「病をふくめたありのままの姿」で自分の人生を生きようと思いを定める。現在は胃ろうからの経管栄養と人工呼吸器を使い、在宅医療や介護のサポートを得て自宅で暮らす。二十五歳から詩作、二〇〇四年から五行歌を詠む。二〇一三年、詩集『点滴ポール　生き抜くという旗印』（写真・齋藤陽道）が大きな話題を呼ぶ。二〇一五年、エッセイ集『日付の大きいカレンダー』、二〇一八年、兄の岩崎健一が絵を、航が詩を綴った共著の画詩集『いのちの花、希望のうた』（以上、いずれもナナロク社）刊行。二〇二〇年、第二詩集『震えたのは』刊行予定。

三歳の頃に発症した筋ジストロフィーは、全身の筋肉が徐々に衰えていく難病です。病状が進むにつれて精神的に苦しくなっていきました。次第に、病をもって生きる自分には幸せな未来はないと思うに至った私は、十七歳のとき、自殺を考えていました。

体の不自由さから出掛ける機会も極端に減っていましたが、人間は戸外で日の光に当たったり、自然の風に吹かれたいと思うものです。

「こんなに気持ちよく晴れているのに……」

その頃は、昼近くに起きるような無気力な生活のなか、内気な性格も一層酷くなって、いつしか家族以外の人と話さないで一日が終わる日が殆どになっていました。

一人、部屋で窓を眺めて「もっと自由に外に出たい。みんなはできるのに、何で自分にはできないんだろう」と、体の健常な人と我が身を比べると些細なことにも哀しくなって、涙ばかりこぼれます。気弱だった私は幼い頃、すぐ泣く子で、周りから「泣き虫みのる君」と綽名《あだな》されていましたが、どうしたことか、そのとき以上の泣き虫になっていました。

ある日の夕方、死のうと思い自室でナイフを見つめたとき、また、ぽろぽろと泣きました。でも次の瞬間「自分はこうして悲しむためだけに生まれてきたのではない」という怒りに似た激しい思いが湧き上がって死ぬのを止めました。奥底に〝生きたい〟思いが込められた〝生きていても仕方がない〟の涙によって、自分の〝生きたい〟というエネルギーを保ってきたのかもしれません。

地の底に倒れた勢いが、反発力になったのでしょう。

「最後にもう一度、死に物狂いで生きてやろう」と思いました。

どうすればここから這い上がれるだろう。

啓発書の類いも手に取りましたが、響かなかった。安易に解決法を説くような言葉から、答えが見つかるわけもありません。

治療法のない病をもつ者が、病が無くならないと自分の人生が始まらないと考えてしまえば、詰んでしまいます。いったい、治るとは何なのか。

悩みながら暗闇から光をさぐりあてようともがいていた時期に、一冊の本に出会いました。サン＝テグジュペリの小説『夜間飛行』（堀口大學訳　新潮文庫）です。

『夜間飛行』は、まだ航空機の夜間や長距離飛行が冒険的だった時代、欧州、西アフリカ、南米を結んだ郵便航空を開拓した人々の仕事と生き方を描いた作品です。著者は、『星の王子さま』の作者として有名ですが、郵便航空の飛行士でもありました。「はたらく」ことのなかで培った思いを文学にした人です。

作中では、飛行士ペルランが冬のアンデス山脈上空で嵐に遭遇して、恐怖と対峙しながら荒天を切り抜けて帰ってくる場面や、飛行士ファビアンがやはり嵐に遭遇し、闇のなか、無線が断たれて位置や方向を見失っても陸の灯火を求めて飛び続ける場面などがあって、私はそれを人が生きることにも通じると思い胸を熱くしました。暴風雨の夜、街や灯台の明かりも見えず、どこを飛んでいるかも、帰り着く先も分からない状況は、自分の今の人生と一緒だと重ね合わせたのです。

自分が向きあっている嵐も、このペルランのように切り抜けていこう。ファビアンのように最後まで力を尽くして闘っていこうと鼓舞されました。

「颶《ぐ》風《ふう》はなんでもない。逃げ出せる。ただ、颶風に先立ってくる、あの恐怖にはまいる！」

「こわいときには、必ず発動機の音が濁るような気がするものなんだ」

「人生には解決法なんかないのだよ。人生にあるのは、前進中の力だけなんだ。その力を造り出さなければいけない。それさえあれば解決法なんか、ひとりでに見つかるのだ」

サン＝テグジュペリ著、堀口大學訳『夜間飛行』（新潮文庫）

迷って光が見えないときもあるけれど、飛び続けていく、命を、最後まで生ききる。人生の大海原も、険しい山も渡っていく。どんな嵐があっても、暗闇のただ中を行くようなときでも、切り抜けて、自分の人生を希望をもって渡りきっていこう。

詩を書くときの私の筆名「航」は、この思いに寄せて決めたものです。本に書かれていた人の生きる物語に触れることが、自分の生きる手応えを得ていく契機をもたらしてくれたと思います。

新緑の夏。電動車椅子に乗って一人で散歩に出かけました。

いつもぶらつくコース、近くの東北大の構内。木蔭に車椅子をとめて木洩れ日を見あげると心地よさを感じます。

けれど、この日は感じ方が少し違って。

木洩れ日の影と光のきらめきを見ながら、なんの力みもない自然さで、「ああ、僕は生きよう、生きていこう」と思いました。温かな気持ちでした。必要だった葛藤の時間を生きて少しずつ心持ちが変わってきていたのでしょう。

「病をふくめたそのままの姿」で生きようと思いを定めました。

ようやく顔を上げて、僕は自分の人生を生きはじめたのだと思います。

＊

二十一歳のときに、経管栄養の開始、その翌年に人工呼吸器をつけた辺りから、ストレス性と思われる地獄のような吐き気に苦しむようになりました。心に吹きすさんだ嵐は、いつしか身に吹き荒れる嵐となり、私を飲み込みました。

あるとき、ぽつりと母に言ったことがあります。

「僕にはもう夢も希望もないよ」

自棄《やけ》になっての恨み言というより、命の奥底からもれた呻《うめ》きだったと思います。それに対して母は、「お母さん、かなしいな」と静かに言葉を返しました。その声の響きは、今でも心に残っています。我が子が人生に絶望する姿に、この言葉の通り母は悲しんだと思います。

「僕にはもう夢も希望もないよ」この呻きにはその時の切実な思いが凝縮されていました。そしてそれを聞いて「かなしいな」と、本当の思いで応答してくれる人の言葉があった。この一言には、子の幸せを願う心からの「祈り」があります。

本当に心の底から思ったこと、感じたことには光が宿されている。それはどんな閉塞した状況であっても、自分の人生を前に回転させていく動力になっていくのではないかと思います。光、火花が生まれるのは反応するからです。命の奥底にあるかすかな光も、他者の真の言葉に出会うことで火花が生まれ、自ら燃える生きる灯火になっていくのです。

二十五歳のとき、吐き気の症状が落ち着いてきました。なんで治まってくれたのかは分からないのですが、ともかく、苦しみに生活のすべてが覆われていた状況から抜け出せたことで、今後の自分の人生をどう生きていこうかと、前を向いて考えられるようになりました。このまま茫然と毎日を過ごして一生を終えたくない。何でもいい、自分にもできることを見つけたいという思いで衝き動かされるように模索を始めました。

ほぼ全身動かない体でベッド上で暮らす自分にできることは何か。考えて思い浮かんだのは、短歌と俳句の創作でした。特に好きだったからではなく、長い文章を書くのは苦手でも、短い詩なら自分にも何か表現できるのではないかと気軽にチャレンジしたのが始まりです。少しでも心動くものがあれば、それをやってみようという思いでした。

まずは勉強をと思って歌集や句集を読んでいくなか、種田《たねだ》山頭火《さんとうか》の自由律俳句に出会ったことで短詩の奥深さに魅せられ引き込まれていきました。

それまでの、読むことのほうが多い日々から、自然に、書くことに一歩踏み込むようになって、筆名を「岩崎航」として句作を始めました。
種田山頭火は一八八二年、山口県生まれの俳人。句集に『草木塔』（八雲書林）。母と弟の自殺、家業の倒産、繰り返す転職、無頼な酒癖など、波瀾《はらん》の多い年月を過ごしましたが、四十代で出家し各地を遍歴します。鉢を持って行乞《ぎょうこつ》し、その旅から旅への暮らしの中で多くの句を残しました。山頭火の句には、その名前につけられた火のように、生きる孤独の底から赤々と燃える炎を感じます。

病みて一人の朝がゆふべとなりゆく青葉
雨ふるふるさとははだしであるく
うれしいこともかなしいことも草しげる
どうしようもないわたしが歩いてゐる
柿の若葉のかがやく空を死なずにゐる
誰か来さうな空が曇つてゐる枇杷《びわ》の花
しみじみ生かされてゐることがほころび縫ふとき

何もかも雑炊としてあたたかく
すすきのひかりさえぎるものなし
炎天かくすところなく水のながれくる

種田山頭火『山頭火全句集』（春陽堂書店）

人と関わりたいけれど、人と関わるのが恐い。十代後半から続いていた酷い内気で孤立に苛《さいな》まれていた心に、山頭火の雪の句が、燃える火の句が、沁みました。

生死の中の雪ふりしきる
其中雪ふる一人として火を焚く
もう暮れる火の燃え立つなり
雪へ雪ふるしづけさにをる
雪ふる一人一人ゆく
ひとりの火の燃えさかりゆくを

外に出たいと窓を眺めて泣いた私が、そしてベッドの上で動けない私が、歩いて歩いて旅に生きた人の句に惹かれて、人生を行く道を決定づける影響を受けたというのも不思議なことです。後年、出合った、五行で自由律の短詩「五行歌」表現に詩作の手応えを感じて自分のライフワークになったのは、山頭火の句の呼吸に馴染んでいたことも影響を与えていると思います。

山頭火は、句集『草木塔』の中で「うたふもののよろこびは力いっぱいに自分の真実をうたふことである。この意味に於て、私は恥ぢることなしにそのよろこびをよろこびたいと思ふ。」と詩人としてうたう思いを書いていますが、私には、創作を始めたばかりの自分を後押ししてくれる言葉でした。

（同前）

その後も、心動いた他の作家の歌集や句集を読んで、近現代の歌人俳人には闘病しながら生きた人が多くいることも知っていきました。

そのなかに川端茅舎《かわばたぼうしゃ》がいます。

川端茅舎は一八九七年、東京生まれの俳人。兄は画家の川端龍子《りゅうし》。句集に『川端茅舎句集』、

『華厳』。四十三年の生涯の半ばを病と歩みます。結核による咳や喀血《かっけつ》に苦しみながら、その病床の暮らしのなかで、多くの句を詠みました。〝花鳥諷詠真骨頂漢〟と評価されて〝茅舎浄土〟と言われる独自の詩境を開きました。

白露に鏡のごとき御空かな
金剛の露ひとつぶや石の上
咳き込めば我火の玉のごとくなり
冬晴をすひたきかなや精一杯
双輪のぼうたん風にめぐりあふ
五月闇より石神井の流れかな
柿を置き日日静物を作《な》す思念
月光に深雪の創のかくれなし

川端茅舎『定本川端茅舎句集』（養徳社）

冬晴れを吸いこみたい。この感覚、痛いほどよくわかります。外気に触れ、青空のもとで深々と呼吸できることは幸せなのです。

俳人で文学者の高浜虚子は、門人の彼の句集に「生きんが為の一念の力は、天柱地軸と共に、よく天を支へ地を支へ茅舎君の生命をも支へ得る測り知られぬ大きな力である。」と言葉を寄せましたが、茅舎の句からは、その一念が漲《みなぎ》っているように感じられます。

酒買ひに韋駄天走り時雨沙弥《しゃみ》
春泥に子等のちんぼこならびけり
甘茶仏杓《しゃく》にぎはしくこけたまふ
伽羅《きゃら》蕗《ぶき》の滅法辛《から》き御寺かな
青蛙ぱつちり金の瞼かな
また微熱つくつく法師もう黙れ
乳母車降りて転びぬ暖かき
芍薬へ流眄《りゅうべん》の猫一寸《ちょっと》伝法《でんぽう》

（同前）

彼の結核の苦しみを詠った句は、読むと切なくなりますが、一方で、苦しいなかでもクスッとなるユーモアのある句もたくさんあって、私は、笑う茅舎が顔を出しているようで好きです。人生の殆どを病に生きても、悲しみ一色になるわけではない。そのことを茅舎の句は教えてくれました。

私が短詩の世界に入っていった頃、もう一人、心を強く揺り動かされた俳人がいます。折笠《おりかさ》美秋《びしゅう》です。当時、どうして知ったのか記憶が定かでないのですが、どこかのメディアで折笠美秋の俳句が紹介されていたのに心を動かされて、句集『君なら蝶に』（立風書房）を手に取りました。はじめてこの句集を読んだとき、俳句という十七文字の詩が、こんなにも読む者の心を震わせられるのかと衝撃を受けました。

折笠美秋は、一九三四年、神奈川県横須賀市の生まれ。学生時代から作句活動を続け、新聞記者として働くなか八二年に筋萎縮性側索硬化症（ＡＬＳ）を発症、全身不随となり、気管切開をして人工呼吸器をつけました。その後、亡くなるまで、わずかに動く目や口で妻に言葉を読み取ってもらい俳句を詠み続けます。代表的な句集は『君なら蝶に』。闘病を綴った随筆に『死出の衣は』（富士見書房）があります。発病とその闘病が、さらに俳句に凄みを加えたのではないかと思います。彼が妻を詠った句や、絶望から生きる力を奮い起こして詠まれた句は、人を深く揺さぶらずにはおきません。

微笑《ほほえみ》が妻の慟哭《どうこく》　雪しんしん
妻の祈りか　萎《な》えし我が手にペンにぎらしむ
その胸筋くれよ燕《つばめ》よ海翔《と》ぶ燕よ
抱き起こされて妻のぬくもり蘭の紅
萩の葉は心の小舟か揺《ゆ》れやまず
春暁や足で涙のぬぐえざる
ふたつ寄り添えば雨だれ落つるなり
ととのえよ死出の衣は雪紡《つむ》ぎたる
君に告げん氷海の底灼熱すを
末魔と対座しおる胸郭の雪明り
ひかり野へ君なら蝶に乗れるだろう

動けぬにあらず動かぬ千年杉

折笠美秋『君なら蝶に』（立風書房）

第二句集の題『君なら蝶に』は、「ひかり野へ君なら蝶に乗れるだろう」と妻を詠んだ句からとっています。相聞《そうもん》という美しい詩の表現がありますが、詩に歌われた人も、歌った人も幸せだったと思います。たとえ残酷な病に呑み込まれても侵すことができない心の世界がある。当時、私も愛の歌を詠みたいと思いました。

呼吸器から喉に伸びる蛇腹管が呼吸のたびに動く、その小さな震えが、かたわらに活《い》けた萩の葉と花を揺らす。日常の生活から詩を立ち上げる。

動けぬにあらず動かぬ。

思いの置き所、たった一文字の違いで自身の在り様が一変する。

病苦によるもどかしさ、嘆き、恐れも、詩に歌うのならば、漆黒に映える光になって自らを支える言葉になるのだと思います。そして病の有無や障害の異なりをも超えて、読んだ人に生きる力を呼び覚ましてくれます。

弓執《と》る手は動かず
馬駆《か》る足また萎《な》え
礫《つぶて》となす声も出ず
唯、
目を見開いている、砦《とりで》。

（同前）

右は句集に収められた折笠の言葉です。今になって思えば、この砦の詩は五行歌になっています。

病は人が生きる限り避けられない要素です。その「病」に、生きようとする思いを奪われていったとき「病魔」となるのだと思います。闘病というのは、病魔と自分との鬩《せめ》ぎ合いです。手足が動かず、声も出せずという状況でも、ただ、目を見開いて寝ているのではない。自分の生と死を見つめて、句を書き続けるかぎり、それは生き抜く闘いの拠り所であり「砦」なのだと五行に詠った決心に励まされます。

私が今に至るまで何度も読み返している一つの詩があります。
ポール・ヴェルレーヌの「空はいま、屋根の上に」（渋沢孝輔訳）という詩です。

空はいま、屋根の上に

空はいま、屋根の上に、
あんなに青く、あんなに静か！
一本《ひともと》の樹が、屋根の上で
枝葉をゆすっている。

鐘の音が　あそこに見える空の中で
やすらかに鳴りわたる。
あそこに見える樹の上で　一羽の鳥が
嘆きの歌をうたっている。

ああ　神さま、神さま、人生はあそこに
　素朴に　物静かに。
あの和やかなざわめきは
　街のほうからやってくる。

——どうしてしまったのか、そこにそうして
　きりもなく泣いているお前は、
ねえ、どうしてしまった、いったいお前は
　おまえの若い日を。

ポール・ヴェルレーヌ著、渋沢孝輔訳『フランス名詩選』（岩波文庫）

ヴェルレーヌが友人の詩人ランボーに銃を発砲し怪我させた罪で獄中にいたとき、書かれたという詩。

牢獄の窓からからろうじて見える空と樹々、囚われの身にかすかに聞こえてくる街のざわめき。人が人を求める切なる思い。この詩を読むと十七歳の頃「病をふくめたそのままの姿」で生き

ることができずにいた心情と当時の光景が、まるで写し取った絵であるかのように甦ってきます。

どんな人でも、生きていれば、ギリギリのところまで追い詰められ、耐えがたい、辛いと思う局面があるものですが、そんなときに、心の奥底、本当のところから出てきた言葉は人の心を動かしてくれることがある。

どうにもならない悲しみを他者と分かち合っていると思える経験は、病や障害をもって生きていく上で、自分を支えてくれるものだと思います。

苦しみは千差万別であっても、響き合えるものがある。

傍らに置いている本から、本当の言葉に触れて力を得ながら、これからも生きていこうと思います。

本が導く

物語に導かれて

三角みづ紀

かつて、私は子供で、子供というものがおそらくみんなそうであるように、絶望していた。絶望は永遠の状態として、ただそこにあった。そもそものはじめから。

江國香織『ウエハースの椅子』より

みすみ・みづき　一九八一年鹿児島県生まれ。東京造形大学に進学。一年生の冬に膠原病の全身性エリテマトーデスとの診断を受ける。その頃から詩の投稿をはじめ、二〇〇四年、第四十二回現代詩手帖賞受賞。二〇〇五年、第一詩集『オウバアキル』にて第十回中原中也賞受賞。第二詩集『カナシヤル』で南日本文学賞と歴程新鋭賞を受賞。二〇一四年、第五詩集『隣人のいない部屋』で第二十二回萩原朔太郎賞を史上最年少で受賞。書評やエッセイの執筆も多く、二〇一七年、エッセイ集『とりとめなく庭が』（ナナロク社）刊行。ワークショップや詩のコピーライティングなど活動は多岐に渡り、中でも朗読活動を精力的に行う。スロヴェニア、リトアニア、イタリア、ベルギーなど多くの国際詩祭に招聘される。二〇二〇年、詩集『どこにでもあるケーキ』（ナナロク社）刊行。

幼稚園に通う前から、本が好きだった。父の書棚には宇宙にまつわる本やエッセイ集、ちょっと難しい漫画が並んでいる。母の書棚には手芸やお料理の本や、四季の花に関するもの。ふたりの姉たちが親しむ書物はまぜこぜになって置かれていた。絵本、少女漫画、詩集、エッセイ集、小説。わたしはそれらをてあたりしだいにひらき、読める文字を拾う。

三姉妹のあいだでは、とりわけ銀色夏生さんの詩とエッセイが流行っていた。わたしが詩作をはじめたのは、銀色夏生さんの影響もおおきい。けっして難しくなくて、平易な言葉が心にはいってくる。

角川書店から刊行された『微笑みながら消えていく』は、タイトルそのものが不思議で気になる。写真もいっぱい載っていて、読みやすい。「ブルーの扉」と題された作品は、冒頭から驚きの連続だった。

耳を宇宙へ向けて
どこかしら聞こえやすい場所をさがす
心を宇宙へ向けて
なにかしらなつかしい記憶をさがす

耳や心を宇宙に向ける。詩人っておもしろいな。小学生のわたしは、漠然とした気持ちで、詩人を尊敬した。だって、日常に宇宙があるのだから。

もちろんわたしたちの頭上には常に宇宙がある。そういうことを気づかせてくれるのが、詩なのだと知った。

国語の教科書も好きだった。学年が上がり、あたらしい一冊を手にしたら、授業の進みとは関係なく読んでいた。国語の教科書に載っている詩に親しみがわいて、暗唱したりもした。どういう主旨だったかおぼえていないけれど「五七五で詩を書こう」といった授業があった。算数は苦手、理科も嫌い。地味だし、運動音痴で、とりえのない生徒だったが、普段からこっそり詩を書いていたので、めずらしく真剣に向き合った。先生も驚く速度と積極性で、細長い用紙にたくさん書いて、黒板に貼った。めったにない誇らしい一刻だった。

褒められて調子にのったわたしは、小学校の卒業文集に「将来の夢は作家」と記した。図書室におさめられている本もあらかた読み終えて、中学生になった。

地味な小学生は地味な中学生になる。やっぱり興味の対象は文学だった。あるとき、韓国からの留学生がクラスにやってきた。ちがう言語を話す彼女は、またたくまに憧れの対象になった。

「韓国語を教えてほしい」

そうお願いして、わたしたちはいつも一緒に行動した。すると、登下校の際に履く靴に画鋲がはいっている。下駄箱には変な手紙がはいっている。韓国人と仲良くなるなんてきもちわるい。そういった内容だったと記憶している。

それでも、わたしはかまわなかった。友達を大切にしたいし、ひとをばかにするひとたちがばかなのだ。こうした胸の裡《うち》をノートに書き留めていった。

鹿児島で生まれ育ったちっぽけな存在は、地元の新聞社の子供向けの欄に詩の投稿をはじめる。二カ月に一回は掲載されるようになり、都度、図書券が届いた。詩を綴って図書券をもらって、書店へ行って欲しい書籍を探す。靴箱に投げ込まれる嫌な手紙も、すれちがいざまにかけられる悪意のある言葉も、物語の世界にはなかった。わたしはますます読みつづけ、書きつづけた。

中学三年生になり、写真に興味を抱いた。ちょうどガーリーフォトブームの頃だったのだと思う。カメラを買うお金はお小遣いではまかなえず、使い捨てカメラと呼ばれたレンズ付きフィルムを買って、近所を散策しながら写真を撮った。
中学校の図書室には、いまや廃刊となった毎日中学生新聞が置いてあり、そのなかの写真のコーナーに応募してみた。二回掲載されて、1クール大賞を受賞した。商品はコニカのビッグミニ。それからは使い捨てカメラではなくビッグミニを持って、写真を撮って歩いた。

図書室はいつだって静謐で、校庭で遊ぶ子供たちの歓声がかすかに届くくらい。自分がめくるページの音がすべてで、読書をしているひとときはわたしが主人公だ。靴箱のいやがらせも、物語が忘れさせてくれる。空気も時間の流れも止まり、カーテンすら微動だにしない放課後。薄暗い室内に夕焼けがたちこめていく。もちろん実際は、カーテンは風で揺れるし、チャイムも鳴る。先生にうながされたら、あわてて借りる本を選んで持ち帰り、自室で読みふけっていた。

高校生になり、音楽を聴くのも好きになった。夜中までひとりで聴いていたくて「勉強をする」なんて口実で親を説得し、家族が寝静まったあとにイヤホンで好きな曲を聴きながら、勉強をしていた。音楽を聴くことが目的だったのに、おかげで成績があがった。いろいろなものを聴いたが、当時のわたしのアイドルはデヴィッド・ボウイ。彼の音楽にはストーリーがあった。わたしはとめどなく物語を求めていた。

小学校と中学校が同じだった近所に住む親友が、テレビで放送されたチャリティー・プロジェクト「バンド・エイド」を録画して持ってきてくれた。理由はむろん、デヴィッド・ボウイが出演していたので。このビデオテープが行方不明になってしまったことをいまだに悔やんでいる。人生のいくつもの分岐点の、ひとつだったから。

日本から離れた場所では、戦争や飢餓で、毎日ひとが死んでいく。十代のわたしよりちいさな子供も死んでいく。音楽家たちの演奏の合間に、短いドキュメンタリーがさしこまれる。耳を塞がれているみたいな遠さで爆撃の音が鳴り、赤ちゃんが泣く。手足を失ったひとたち。最後には「あなたは直視できますか?」の文字。わたしは直視していた。語弊があるかもしれないが、ひたすら美しかったのだ。

わたしはさほど不自由のない家に住んでいる。父は公務員で、母はパッチワークの先生。ご飯が足りないなんてときはなかったし、買って欲しいものも理由があれば買ってもらえる生活。ゴールデンレトリバーのくーちゃんは、たたんだばかりの洗濯物の上に寝そべり、母に叱られている。平穏な日々。
しかし、その短いドキュメンタリーは、ありとあらゆる人類が個々の物語を有していると教えてくれた。なにより、映像自体が美しくて、地球で起きている問題に直面した高校生のわたしは、考えた。こんなに悲惨な内容でも、観るひとを魅了するドキュメンタリーにしたら、みんなも関心を持つのではないか。戦場カメラマンになろうと思い、父と母に宣言した。夕飯の食卓は沈黙につつまれた。

大学進学の際、わたしは迷いなく美術大学の映像学科を選んだ。文学はひとりでもできる。写真もひとりでもできる。でもドキュメンタリーを撮るならば、ひとりでは難しいだろうし、複数人でなにかを作り出す行為は苦手だった。よって、映像を学ぼうと決めた。一浪して、東京造形大学に合格した。いよいよ映像の道がはじまるはずだった。そう、はじまらなかった。

通学に一時間半も要するので、気持ちをひきしめて電車に揺られていたのだけれど、大学一年の冬に四十度をこえる高熱が出た。近所の内科で診察してもらったら、風邪とのこと。処方された薬を飲んでも、いっこうに熱はさがらず、ちがう病院へ行く。また、風邪と診断される。その状況が一ヵ月つづき、朦朧とした意識で生活していたら転倒してしまう。

足が痛むから整形外科へ向かったら、わたしの顔にあらわれた蝶のような痣を見て、お医者さんは「膠原病かもしれない。すぐに検査をしましょう」と言った。こうげんびょうという言葉に不安がつのる。それ以降の出来事はよく覚えていない。おおきな病院に救急車で運ばれて、同意書かなにかを書いて、気づけば三日経っていた。ステロイドを点滴で大量に投与されて、熱もさがり、まるで別人になった気持ちで目が覚めた。ベッドの横に置かれたパイプ椅子には友達が座っていて、彼女は泣いていた。わたし自身は、まったく実感がなかった。病院食のカレーライスがおいしかった。高熱が出てから一ヵ月、まともにご飯を食べていなかったのだ。

膠原病の全身性エリテマトーデスですね、と告げられる。人間ってあっさり病気になるんだなあ、なんてぼんやり思考をめぐらせていた。ステロイドの効果で熱も下がり痛みもなく、ほとんど普段通りだったから、ほんとうに実感がない。

長期入院が必要となり、両親が仕事の都合で住んでいた奄美大島の病院へ移ることになった。いうまでもなく大学は休学。やめてもよかった。しかれども、卒業はしてほしいという父の気持ちを受けとめて、中退ではなく休学にした。

世界が一転してしまったとおぼろげに感じる。全身性エリテマトーデスの患者は、悪化の起因になるので紫外線にあたってはいけない。病室で横になっているわたしに、母が折りたたみの日傘をプレゼントしてくれた。唯一得意な運動は水泳だった。もう真昼の海で泳げない。大切にしていたコニカのビッグミニも捨ててしまった。過度な運動を禁じられてもいたし、自暴自棄にもなっていたと思う。こんな身体では戦場カメラマンにはなれない。病室で写真を撮ってもつまらない。

いまになって考えたら、絶対に無理という物事はないはず。とはいえ、そのときはそういう想いだった。わたしは別人になったのだ。そうなのだ。

看護師さんが毎日、病室の掃除をしてくれる。わたしのベッドのまわりには髪が散らばっていた。頭皮が見えるほど、髪は抜け落ちていった。

しばらく無気力な状態だった。いっぽうで、表現に対する欲をおさえきれなかった。入院しながら、できること。わたしには詩があった。

東京に住む一番上の姉に、詩の投稿欄がある雑誌を送ってほしいとお願いをする。ほどなくして『現代詩手帖』が届いた。こんな雑誌があるんだな、とぱらぱらめくった。病院を出てすぐ左側にポストがある。今度は母にお願いをして、封筒、ペン、原稿用紙を買ってきてもらう。二番目の姉が「ちょっとでも入院生活を楽しめるように」と、かわいらしいお洋服がたくさん載っているカタログを持ってきてくれて、ふたりで眺める。スプリングコートとサニタリーショーツを買ってもらったが、直後、薬の副作用で生理が止まる。サニタリーショーツは、ずいぶんと出番がなかった。

ざわざわとした賑やかな病室はたしか六人部屋で、仕切りのカーテンをぴったり閉めて、わたしは投稿する詩を書きはじめた。大学の仲間たちが授業に通っているあいだに。都会の休日を満喫しているあいだに。呪いみたいに、あるいは祈りみたいに詩を書きつづけた。自分はここにいるって叫びたかった。

病院から一キロくらい離れた場所に図書館があった。外出許可をもらって、母と頻繁に通った。本に囲まれていると、自分がちっぽけな存在に思えてくる。それは、新聞に詩を投稿していた小学生のときの心持ちと変わらなかった。病室で感情をくすぶらせている自分にとっての特効薬。わたしは大変な状況のなかにいる。でも世界はひろくて、宇宙にとっては瞬きをする最中のちいさな事象かも。

本が大好物なわたしは、詩作だけじゃなくて読書にも熱中した。入院生活はあんがい忙しい。

決められた時間の食事。決められた時間の回診。運動不足にならないように、院内の階段を上り下りする。携帯電話も手放してしまったから、大切なひとに手紙を書く。それから本を読む。詩作に集中しすぎて、他の詩人の作品を読む心の余裕はなく、小説やエッセイ集ばかり読んでいた。もとより好きな椎名誠さんや吉本ばななさん。そして、江國香織さん。

江國さんのあらゆる言葉は、小学校の卒業文集に記した「作家」という文字を、ふたたび呼び覚ましてくれた。

新潮社の『神様のボート』と角川春樹事務所の『ウエハースの椅子』は、とりわけ大好きだ。それらには絶望と、かすかに灯る明かりにあふれていた。その頃のわたしは、わかりやすいハッピーエンドを欲していなくって、寄り添ってくれる物語を欲していた。

かつて、私は子供で、子供というものがおそらくみんなそうであるように、絶望していた。絶望は永遠の状態として、ただそこにあった。そもそものはじめから。

江國香織『ウエハースの椅子』(ハルキ文庫)

『ウエハースの椅子』はこのようにはじまる。絶望はそもそものはじめから、ただそこにあるということ。この言葉にどれだけ救われただろう。主人公たちは、実に冷静に自分を直視している。恋に狂っている自分を、すぐそばにある絶望を。

わたしは俯瞰する方法をこれらの本で学んだ。生身の自分を、もうひとりの自分が見つめている感覚。うん、大丈夫。大丈夫じゃないけど、大丈夫。もうひとりの自分が言う。言葉を手渡される。詩を書く。わたしはわたしの人生の主人公に過ぎなかった。それはとても重大な事実だ。

もっともくりかえし読んだ一冊は、新潮社から出版されたムック本『江國香織ヴァラエティ』。江國さんの旅の様子や、好きなお菓子、音楽、宝物など、なにからなにまで詰まっていた。日射しを避けながら暮らしている身にとって、旅に出てエッセイを書くだなんて、夢のような話。敬愛する作家の生活は、ぜんぶが美しくてかっこいい。病室で鬱屈しているわたしの毎日とは、かけはなれている。江國さんの上質な生活に、ひたすら憧れた。エッセイ集だけでなく、小説も読みあさった。知っている物語も、何度も読みかえした。

作家と名乗れるようになった現在のわたしの生活は、みすぼらしい。洗濯や料理はなるべく丁寧にこなすものの、掃除が苦手だから仕事机のまわりに資料が散らばったまま。休憩の時間も決めないで執筆するので、珈琲とお菓子が常に手元にある。資料に珈琲をこぼしてしまい、焦る場合もある。疲れたら気ままに散歩、ではなく、横たわってインターネットで素敵なお洋服を探す。

過去のわたしが想像していた作家の日常とは、ほど遠い。しかしながら、いまの生活リズムは気に入っている。

物語を読んでいる束の間、読者は主人公になることができる。わたしは江國香織の小説の主人公になって、いくらでも泣くことができたし、切なくなったし、平静を装うことが困難なくらい動揺したりした。あふれだした感情は、なかなか寝つけない夜の病室をさまよう。

物語を生みだすひと。写真にも映像にも物語がある。復学しても、わたしは詩作に没頭してばかりだった。自分の表現方法は詩だと確信していた。カメラマンにはならなかったけれど、伝えるという点においては、詩人も同じであると勝手に信じている。目前で起きた事物を、すばやく摑みとる。個として、生命体として、地球で息をするものとして。現代詩手帖賞を受賞して、今年で十六年になる。

そのあいま、薬の副作用で大腿骨頭壊死になり、右の股関節を金属にする手術もおこなった。身体障害者手帳を手にしたわたしは、いつのまにかずいぶんとたくましくなっていた。身体の一部が金属だろうとかまわない。生きながら、詩を生みだす。物語を生みだす。

体調が安定するにつれて、自分の書く作品も変化してきた。初期は自己の主張や感情をぶつけたようなものが多かった。いまは読者の生活が潤うような詩を書きたいと願って、机に向かっている。

この数年は、海外の詩祭にまねかれる機会も増えた。英語が苦手だったが、英会話教室にも通いはじめた。みずから旅に出ることもしょっちゅうだ。

おそらく、ひとびとが考える以上に、日々は尊い。ひどく眩しい。それを気づかせてくれたのは、触れてきたあらゆる物語だ。人生の重要な地点で、明るみを示してくれた。それぞれの本との出会いがわたしをここまで導いた。きっとこのさきも、導かれていく。

わたしの物語が、あたらしく誰かと出会い、その誰かを導けるように。いまも書き続けている。

写真と生活

田代一倫

千年も万年もかかって、このように誰かの命と切れめなく生まれ替って来たのにちがいない。それゆえ、数というものは数えられるもんじゃなか、と父親がいうのにちがいない。なぜしかし終らないのか、とわたしは思う。数えられなくても、知らなくともよいから、終ってくれろ、と石の上でそのときおもっていた。

石牟礼道子「椿の海の記」より

たしろ・かずとも　一九八〇年福岡県生まれ。写真家。二〇〇〇年、大学在学中にうつ病と診断を受ける。九州産業大学大学院在学中の二〇〇六年、福岡市でアジア フォトグラファーズ ギャラリーの設立、運営に参加。同年、三木淳賞奨励賞受賞。韓国、九州で肖像写真を中心に撮影、発表。二〇一〇年に東京、新宿の photographers' gallery に拠点を移す。二〇一三年、東日本大震災の被災地の人々を撮影した『はまゆりの頃に 三陸、福島 2011〜2013年』(里山社)刊行。同年さがみはら写真新人奨励賞を受賞。二〇一四年より東京の人々の撮影を開始、東京都写真美術館他で発表。二〇一七年に韓国・鬱陵島の人々を撮影した『ウルルンド』(KULA)刊行。二〇一七年秋より双極性障害を発症。二〇二〇年九月に新潟、砂丘館にて個展開催。

初めて精神的な病気を診断された時の病名は「うつ病」で、二十一歳の頃だった。私は、故郷の福岡を離れ、大阪の芸術系大学の写真学部に通っていた。人の写真を借りて課題を提出したり、授業中にもかかわらず、構内の施設で映画を好きなだけ観たりするような、怠惰な写真学生だったように思う。だが、アルバイトをし、海外旅行に行くという、多くの大学生と似たような日々が、少しずつ変化していった。いつしか「写真で何もできていないのに、福岡へは帰れない」と思うようになっていた。同時に、少しずつ人に心を閉ざし、食欲も落ちてきた。そして連日、巨大で、派手な外装のゴミ処理場がある人工島の舞洲《まいしま》へ通って撮影をしていた。なぜ舞洲だったのか、今となっては全く説明ができないのだが、当時の私としては、そこで写真を撮ることが心を落ち着かせる唯一の行為だったのだと思う。母いわく、その頃の私は「ゴミの叫びが聞こえる」と言っていたらしい。

撮影を終えると、在日コリアン一世の父親が店長、そして二世の兄弟が実質、店を切り盛りしていた焼肉屋のアルバイトに行く。彼らが「在日」というルーツを持つことの背景を、当時の私は不勉強にも知らなかった。

この店は人が本当に温かく、そして賄いが美味しかった。生レバーやチャンジャ、イカフェなど、初めて食べたものも多く、「もっと食いや。大きくならへんで」と、店の人はお店で出すのと同等の食事を十二分に与えてくれた。当時、私の一日の食事はそこで食べるだけだった。

兄弟の弟さんは、故郷に帰らず、成人式も出ないと言い張る私に、自分のスーツをくれた。既にガリガリになってしまった私に、鍛え上げられた身体を持つ弟さんのスーツはダボダボだったが、気持ちが嬉しかった。

大学三年生のはじめには、ついに学校に通う体力がなくなった。自慢の二五〇ccのバイクも支えられなくなっていた。心配して大阪の家までやって来た母と一緒に福岡へ帰り、大学を退学した。友人たちが心配そうにしてくれていたことだけは覚えている。

それから、地元の心療クリニックでうつ病の診断を受けた。ただ、同時に洋服を買い漁ったりしていたので、今から考えると、躁うつ病を患っていたのだと思う。投薬治療をしつつ、家族はもちろん、福岡の友人たちの励ましのおかげで、二年間の療養後、地元の大学の写真学科に復学した。復学してからは、お守り程度に抗不安薬を飲んでいた。大学を出てから大学院に入って写真を続け、大学の研究室の助手もしながら、比較的落ち着いた日々を送った。その後二〇一〇年に上京してからも、通院とわずかな服薬を続けるだけだった。

*

病気が再びひどくなる兆候は、二〇一一年からだったように思う。私は、東日本大震災の後、二〇一一年四月から東北の太平洋側へ行き、出会った人を撮影させてもらっていた。それはのちに「はまゆりの頃に」と題してまとめ、展示や、写真集にしていくのだが、一度撮影を始めると、帰京してもすぐ東北へ行きたくなり、だんだん他のことが考えられないようになっていった。撮影させていただいた方や東北の風土から、たくさんのことを教えてもらい、得たものはたくさんあった。だが、お金がどんどんなくなった。その撮影を終えようとする二〇一三年五月には、借金も方々に膨らんでいた。ただ、有り難いことに、その写真と写真への短いコメントをつけたものが、写真集『はまゆりの頃に 三陸、福島 2011〜2013年』(里山社)になり、その後も展覧会への出展が続いた。

するとと次第に私は、万能感で溢れたり、はたまたイライラすることが多くなり、沸点の高い緊張感が漲《みなぎ》っていたように思う。この撮影中、私は杉並区にある風呂なしアパートに住んでいた。家事は全くせず、風呂はすぐ近くの銭湯で、冷蔵庫はコンビニ、洗濯機は銭湯に隣接したコインランドリーで十分だと本気で思っていた。エアコンもない我が家に、夏場に泊まりにきた大学の後輩は、「サウナだ」と言い残して去っていった。冬場には、衣類を布団の上に積み、暖をとって寝るという、滅茶苦茶な生活をしていた。

思い返すと、東北での撮影はさまざまな方々の生活の中にお邪魔し、それを分けてもらっていた。にもかかわらず、私は自らの日々の生活を軽視していたのだ。その代わりに、写真家としての私は常に非日常を生きてきた気がする。

東北に通わなくなってからも通院とわずかな薬の服用は継続しながら、撮影も続けた。「カシャッ」というシャッター音を聞かないと、脳が回転しない性質になっていた。

二〇一四年には、警備員としてアルバイトをしながら同僚を撮影していた。その写真を見せた月刊誌『日本カメラ』の編集部の方が気に入ってくださり、翌年から東京の人を撮影するグラビア連載が始まった。それを機に私は、生活をする中で出会った東京の人を撮ろうと決めた。その後それは国内外のさまざまな展覧会の出品へとつながり、私はその都度「東京とは何か？」「写真とは何か？」について考え、答えを探りながら撮影していた。それは私にとって重要なことだった。

しかし次第に、東京での生活も、写真家としての日常に凌駕《りょうが》されていった。身についた写真家としての生と、社会人としての生は、私にとってもはや不可分なものになっていた。そのツケがずっしりとやってきたのだ。

二〇一六年に結婚してから、滅茶苦茶な生活は克服できたと思っていたが、物事に対する時の姿勢が柔軟ではないため、写真を撮りながら日常生活を送ることを両立しようとしていると、至る所で、徐々に困難が生まれてきた。二〇一七年の秋頃から、柔らかくこなすのが適している福祉のアルバイトを全力でやって短時間で息切れしたり、午前十時が始業のデパートのアルバイトに行くのに、始発に近い電車に乗って出かけ、最寄り駅近くのインターネットカフェで時間をつぶしたりして、エネルギーを消耗するようになった。当時の私としては、アルバイトにきちんと向き合おうと思っての行動なのだが、過剰すぎるし、効率も悪すぎる。ただ、幸いにもアルバイト先では、とにかく精一杯働くので、高い評価を得ていた。その時の私は、よく喋り、人見知りもしなかった。

私の様子がおかしいのを心配した妻の勧めで新たな病院に通ってはみたものの、自分はそこまでの病気ではないと信じ切っていたため、医者の言うことも聞かず、これまで通りお守り程度の薬をもらうのみだった。だが、少しずつ病状は悪くなっていき、思うように身体が動かなくなり、疲れやすくなっていた。できないこと、手放さなければいけないことが増えるにつれ、情けなさが増し、それと同時に薬が増えていった。いくつかの病院を転院したものの、治療も功を奏さず、医者からもさじを投げられた。そしてついに、アルバイトもできなくなり、二〇一九年春、都内の病院に入院することになった。私は、この入院の前から半年間くらいの記憶が断片的にしかなく、自分が他人にどういう態度で接していたのかを考えるとゾッとする。後から思えばこれが躁状態だった。

＊

二〇一九年春、私は入院先の病院で「双極性障害」と診断された。そして現在もなお、この病気のただ中にいる。

双極性障害とは、簡単に言うと、「躁」という非常に気分が高揚する状態と、「うつ」という気分の下がった状態を繰り返すことである。双極性障害には、I型とII型があり、私はII型に属する。I型とII型の区別としては、解釈はいくつか異なるが、気分が高揚したり、怒りっぽくなったりして対人関係で問題を起こしたり、衝動的な買い物や借金などの過剰な逸脱行動などを伴う躁状態と、その後動けなくなるほどのうつ状態の波が明確にある場合はI型。うつ状態の中に軽い躁状態がある場合がII型だという。私は、比較的ゆっくり躁とうつとを繰り返しており、それで長いあいだ「うつ病」と診断されてきたが、このとき改めて「双極性障害II型」と診断された。そう言われても何のことだかわからないという人もいるだろうが、私自身も同じように、病気がひどいときには、「だから何なんだ」と感じていた。よくわからない病名はしっくりこないし、とにかく不調による苦しさだけで頭がいっぱいなのである。

今も私は、知人や友人に自分の病気について話すとき、うまく言葉にできない。なんという病名でどういう症状があり、その際にどういった傾向の行動をとるのかを、ある程度把握しているのは、生活を共にする妻と、主治医だけだ。実家の家族でさえ、それを把握できてはいないだろう。ただ、症状を伝えるのは困難だが、自分ができないことを他人に伝えるのは、合理的なことかもしれない。私の場合、「朝晩がつらい」「一つの場所に長い間居られない」「大人数の場所に行けない」など、いくつもある。だがそれを伝えてわかってもらうことは、相手の時間も私のエネルギーも奪ってしまう。うつの場合、その勇気と体力を出すことが億劫《おっくう》なので、自ずと知人、友人との接触も少なくなる。そういうとき、読書による書き手や登場人物との対話が、一時的な社会との接点になってくれる。

とはいえ、うつ状態で読書をするのはかなり困難な作業である。まず、本屋に行っても、うつによる判断力の低下により、本を選べない。そして、たとえ読みたいと思う本が見つかっても、その本の価格に見合ったものをうつ状態の自分が享受できないのではないかという思いが溢れてきて二の足を踏んでしまい、結局手ぶらで店を出ることが多い。また、本を読み始めて、それが運良く「読める」日に当たったとしても理解が遅い。

躁状態のときはというと、本はよく読めるし、読む速度も早い。ただ、しばらくすると、記憶にないことが多いのだ。躁のときは、文字が単なる記号として目に飛び込んでくる状態で、内容の深さまで辿り着けない。つまり、双極性障害は、読書に向いていない病気なのだろう。ただ、たとえわずかでも「読書した」と感じることは、写真家を自負する私にとって、一時でも文化的な活動ができたという満足感に置き換わる。

＊

退院後の二〇一九年初夏、『池澤夏樹＝個人編集 日本文学全集24　石牟礼道子』（河出書房新社）を携えて、故郷の福岡に療養に帰った。私の療養生活は、ドトールに行き、煙草を吸いながらアイスコーヒーを飲み、石牟礼道子作品を読むという、はたから見たら贅沢な時間だった。私は、その本の中に収録されている「椿の海の記」を読み直していた。読み直すといいながら、この作品をそれまで私は、通読できたことがなかった。

この作品は、主人公の幼女が「みっちん」と呼ばれているように、石牟礼道子さんの幼少期の自伝的な作品である。本の中の自然の描写があまりに豊かで、かつ詩的なので、その世界を感じとることに全神経を集中させることが必要で、途中まで読んでは挫折することを繰り返していた。ただ、病気とはいえ全神経を捧げられる時間だからこそ、この文章に向き合うことができた。そして、現実から遠い世界に逃げられるような気がしていた。

「椿の海の記」の始まりには、木々、大地、空、海などいくつもの生命体の存在が列記される。それらを一旦咀嚼《そしゃく》して、描かれた世界を想像できるようになるまでは、病気でなくとも時間がかかるだろう。ただ、自分の中で彼女の描く世界の準備が整い、その世界の中に入っていくことができれば、方言を含む言葉が、驚くほどなめらかに身体に入ってくるから不思議だ。また、石牟礼さんの描く自然は、私など生まれる前の時代の世界で、訪れたことのない場所なのだが、何故か懐かしさも感じる。この自然の描写は、暮らしている神奈川の家よりも、舞台とされた水俣から距離の近い、実家がある福岡で読む方が身体に入ってきた。この作品は、読む土地さえも選ぶ、追体験型読書なのだと感じた。

みっちんが数を数える（かんじょうをする）シーンがある。みっちんは、数字が無限にあると知ると、突然怖くなるということだった。

焼酎呑んだ亀太郎（筆者注：みっちんの父）の言葉から、死はたぶん必要な安息であると、四つや五つの子でも納得がゆき、そのうち、かんじょうするという脳の作用は幸いに全面停止した。

石牟礼道子「椿の海の記」『日本文学全集24　石牟礼道子』（河出書房新社）

この本の解説で、池澤夏樹さんは「数字の否定はそのまま近代の否定である」と書いている。現在の私たちの生活はあらゆる数字に置き換えられる。私が苦手な数字といえば、まずお金だ。私たちは、お金を使って生活におけるさまざまな対価を得ている。クレジットカードや電子マネーの存在で実感が薄れているが、数字を否定するということは、近代社会では、生活自体を放棄するようなものなのだ。また、私は病気をして社会的に弱者となって初めて、世の中は圧倒的多数の意見で成り立っていることを実感した。私たちは、今この瞬間も、数えなくて良い数字に惑わされて動いている。

また、「椿の海の記」には、次のような描写もある。

千年も万年もかかって、このように誰かの命と切れめなく生まれ替って来たのにちがいない。それゆえ、数というものは数えられるもんじゃなか、と父親がいうのにちがいない。なぜしかし終らないのか、とわたしは思う。数えられなくても、知らなくともよいから、終ってくれろ、と石の上でそのときおもっていた。

石牟礼道子「椿の海の記」『日本文学全集24　石牟礼道子』（河出書房新社）

私は毎朝、目覚めとともに「またつらい一日が始まる」という絶望を感じ、うつがひどいときは、日中も希死念慮に襲われる。だが、みっちんが「終ってくれろ」と願う希死念慮とは、千年や万年の時間の中で捉えられたものだった。それはたぶん、人間以前や人間以後の世界に向けられていたのだと思う。石牟礼さんの描く自然の在り方によって包容されたような気がした。

みっちんと一緒にいることが多く、もはや彼女の一部ではないかとまで思うのが、祖母だ。祖母は、目が見えず、精神を崩している。彼女のことを村の人は、精神病者とか、異常者とかいわずに、敬称をつけて、「神経殿《しんけいどん》」とか、「おもかさま」と呼んでいたという。おもかさまは、子供に石を投げつけられたりしながらも、共同体の中に居る。おもかさまが居続ける。このことが、共同体にとっても、みっちんにとっても重要に違いない。たとえ石を投げた子供であっても、自分と違う存在へ向けた視線は反射して、自分に返ってくることがあるのではないかと思うのだ。実際にみっちんは、次のように当時の大人たちを振り返る。

病者に対してむきつけに、さなきだに千切れかかっている神経を、逆撫《さかな》でしてあそぶようなことをいう大人たちの種類を、わたしはひそかに識別するようになっていた。

石牟礼道子「椿の海の記」『日本文学全集24　石牟礼道子』（河出書房新社）

共同体の中のマイノリティーである祖母への周囲の人々の反応を観察しながら、みっちんは、感覚的に人間の本質を理解している。私自身、病気になってから特に、社会の中で弱者になってこそ見えるものがあると信じるようになった。家族や親類、友人なども、近しい人に弱い存在がいる人は、自分の人生の中の一部として、その人との時間を過ごす。その経験で得られるものは、知識ではなかなか身につかないものだと思う。

私が大学を休学し、地元の福岡の家にこもって療養生活を送っていた二十一歳の頃、高校時代からの親友が、週二日、私をドライブに連れて行ってくれていた。彼は地元の大学に行っていたが、時間が空くと、二人の家の近所にある油山《あぶらやま》や、北九州にある皿倉山《さらくらやま》、そして佐賀県との県境にある三瀬峠《みつせとうげ》など、さまざまな山を巡っていた。彼は、緑豊かな場所を訪れれば、私の状態が少しは良くなると考えていたと思う。私は、会って話をしてくれる人がいるだけで嬉しかった。しかも彼は、私が「気分が悪い」と言うと、すぐ家に戻ってくれた。他にも色々なわがままにも付き合ってくれる、有難い存在だった。彼から連絡があるのを楽しみにし過ぎて、彼から届く携帯メールの受信音だけ、他の人と別にしていたほどである。彼はその後、福祉関係の仕事に就いた。私の面倒を見ることがきっかけで福祉の道に目覚めたのだという。このことは、数年後、彼の結婚式の直前に聞かされて初めて知った。自分の病気が周りに与える影響で良い面があるのだと知った出来事だった。

＊

入院していた病院に通院するようになったタイミングで、主治医が代わった。彼女は患者に適度な距離をもって寄り添う医師で、彼女との出会いは幸運だった。精神病に限らず、病気を患っている人にとって重要なことの一つは、医者との相性だと思う。私は自分が思っていることや辛いこと、自分の症状をすぐに言語化できない。それゆえに、これまでの担当医は、皆、私の話を聞かずに全員が「あなたはこんな症状だ」と決めてかかって話を進めていたように感じた。一方、彼女は「田代さんのような人は、自分で自分の痛みに気づくのが遅いから無理しなくて良い」と、全てを肯定してくれた。そう言われるとおこがましい気もしたのだが、彼女の言葉に何度も救われた。

本を読んで「救われた」と思うことはなかなかないのだが、栗田隆子《りゅうこ》著『ぼそぼそ声のフェミニズム』（作品社）を読んで、救われた気分になる瞬間が何度かあった。

この本は、現代社会のあらゆる弱者をすくい上げ、社会からはみ出す人の存在を顕在化させたものである。「就活・婚活、非正規雇用、貧困、ハラスメント、#MeToo」などについて、実体験も含めた小さな違和感が綴られている。一番の驚きは、その小さな違和感が社会にとっての大きな欠損をあぶり出すと同時に「人間とは何か？」という問いへの応えになっていることである。

キリスト教徒でもある彼女は、次のように綴る。

> 私にとって祈るとは、自分の本当の気持ちを知って、言葉にして、目に見えない相手に対してまずは伝えようとする行為だったと思う。
>
> 栗田隆子『ぼそぼそ声のフェミニズム』（作品社）

それまでずっと理解できないでいた「祈る」という行為の状態が、この栗田さんの文章からすっと身体に入ってきた。私に置き換えてみると、「祈り」とは、まずは主治医に伝えるべく、日記を読みながら近況をまとめて言語化していく、病院へ向かう電車内での行為であり、そして、知人に「できないこと」を告げる悲しく小さな暴露だったのだ。「できないこと」を伝えるには、勇気がいる。人に「自分が病気だ」ということを告げると、今までの関係とは違ったものになってしまうのが、とても怖いからだ。

また、『ぼそぼそ声のフェミニズム』の次の箇所には大いに気づかされるものがあった。

能力主義は、「できる」ことをただ称賛するのではなく、努力を重視し、努力こそ「個人の責務」いわゆる「自己責任」として捉える。

（同前）

「努力が足りない」とはまさに、私が賃金を伴う労働について、ここ数年自分に言い続けたことだった。その労働が上手くいかないことで、さらに精神的に塞ぎこんでいってしまう。ところが、うつがひどくて動けない日を過ぎ、少しずつ動けるようになってきたある日、妻の提案でその「努力」の向ける先を「家事労働」にしてみた。食事や洗濯などはもれなく、実家ではなんでもやってくれる母親が担っていたし、結婚後も妻の手伝い程度しかやっていなかった。家事をやったこともなかったし、興味もなかったのだ。

いざやってみると、料理を作るのが楽しかった。身体を使いながら、一つのことに没頭できる。焼き物、汁物、煮物など基礎が身についていくと、色んな食材を組み合わせ、一つの調理法を応用できるようになり、すぐに成果が出る。何品か食卓にのせる際に、出来上がる時間の温度を逆算して出す。それが満足感につながった。また、晴れの日を狙って洗濯物をするようタイミングを計ったり、掃除機をかけたり、今まではできなかったことができるようになり嬉しかった。

＊

病気がひどくなってから、一日の中で集中できる時間が少なく、私は、比較的調子の良い日中の二〜三時間の間に撮影していた。私の撮影方法は人に声をかけて真正面で向き合い、一定の距離をとって全身を撮影するという、シンプルなものだった。しかし、病気になってからは、撮影しようと街へ出ても、まず人に声をかけることすらできない日が続いた。そんな日は、声をかけたいと思う瞬間に、手にぶら下げたカメラのシャッターを押すようになっていた。落ち込んだまま、帰路に就く際、カメラの背面に映るのは、車のタイヤ、水たまりや歩く人の足など、とりとめもない画像だった。

ある日の応診で、この病気は諦めが肝心なのだと思った。

「田代さんの場合は、発達障害を伴った双極性障害ですね」

全幅の信頼を寄せている主治医がふと漏らした言葉に、私は驚いた。これは、一時期の病ではなく、一生付き合わなければならない病気なのだと、私はようやく悟ったのだ。「治す」ということに固執するのを諦め、病気と付き合いながら暮らしと向き合うしかないことに覚悟を決めた。

その諦めは、写真に関しても同じだった。主治医の言葉を思い出しては、「これも私の写真なんだ」と自分に納得させるようにした。これまでの自分がしていた撮影方法を一部諦め、「今までにやっていなかったことができるようになった」と思った。そうやって今の自分を肯定することによって初めて、この先の人生は、「病気を患っている私」と「写真家としての私」を上手く共存させることができるかもしれない。病気を経て、人生で初めて私は、ようやく「生活」というものと向き合っている。

参考文献　渡辺京二『もうひとつのこの世―石牟礼道子の宇宙』（弦書房）
加藤忠史　不安・抑うつ臨床研究会『躁うつ病はここまでわかった第二版』（日本評論社）

てんかんと、ありきたりな日常

和島香太郎

人は社会問題やテーマのために生きているのではない。いかに社会的テーマをかかえていようと、人の日常は平凡でありきたりなものだ。逆に、社会問題やテーマに合致する特別なところだけを、普通の暮らしの中からピックアップすることによってはじめて、社会問題が問題たりえるのだ。

佐藤真『日常という名の鏡』より

わじま・こうたろう　一九八三年山形県生まれ。中学三年生の時に、てんかんと診断される。映像の世界を志して進学した京都造形芸術大学で、ドキュメンタリー映画監督、佐藤真に師事。二〇〇八年、文化庁若手映画作家育成プロジェクトに選出され、『第三の肌』を監督。二〇一二年、監督作品『小さなユリと 第一章・夕方の三十分』が、SKIPシティ国際Dシネマ映画祭短編部門にて奨励賞受賞。二〇一七年より、これまで知られることの少なかったてんかん患者の日々を素朴に語り合うポッドキャストラジオ「ぽつラジオ」を開始。二〇一九年、坪田義史監督のドキュメンタリー映画『だってしょうがないじゃない』で編集を担当。

朝食のお椀をひっくり返すようになったのが中学二年の春だった。手が一瞬だけビクッと震えるのである。居眠り中の身震いに似ていたのであまり気に留めていなかったが、翌年になるとその震えは全身に広がり、意識を失うようになった。

病院で精密検査を受けると、脳波に異常が確認された。朝食を食べていた時のビクッとする動きはミオクロニー発作で、大脳の神経細胞が過剰な放電を起こすことに由来するてんかん発作の一種と言われた。命に関わる病気ではないとわかって安堵したが、両親は重く捉えていたようである。

実家は飲食店を経営しているのだが、過去に従業員がてんかん発作で倒れたことがあったという。病気のことを聞かされていなかった父は動転し、救急車を呼ぶ騒ぎとなった。従業員はその後も発作を繰り返してしまい、居づらくなったのか店を辞めてしまった。その数年後に私がてんかんと診断されたのである。雇用主としててんかん患者に配慮しきれなかった両親は、息子の将来について悲観することもあったようだ。そして、てんかんという病名は家族以外にはなるべく伏せるように言われた。

しかし、あえて病名を明かす必要は感じなかった。服薬と規則正しい生活によって発作が抑えられていたからだ。三年間続けた野球部もすでに引退していたので、発作を誘発する過度の疲労を抱えることもなかった。つまり、発症以前の自分に戻ったような感覚で暮らしていた。

また、高校入学後はそれまで続けてきた野球から離れ、ひとりで映画を作り始めた。もともと映画の道に進むことを決めていた私にとって、てんかんの発症とそれによる制限は、体育会系から文化系へと舵を切るきっかけになったのである。

ビデオカメラを持った私は友人と過ごすなんでもない日常を記録するようになった。グラグラ揺れる映像にセンチメンタルな音楽とナレーションを入れて、岩井俊二監督のモノマネをすることに喜びを感じた。ただ、勉強はろくにしていなかったので、志望校はすべて落ちた。浪人覚悟で最後に受けたのが京都造形芸術大学の映像コースである。試験では面接官に自分の映像作品を見てもらい、その後に質問を受けるという形式である。私が手がけた岩井俊二風のセンチメンタルなドキュメンタリードラマは面接官を凍りつかせていた。何かまずかったようである。長い沈黙の後、「あなたにとっての映画とは?」と訊かれ、孤独な映画作りを振り返りながら、「みんなで作るものだと思います」と嘘をついた。合格できたのが不思議である。

その春から、地縁のない京都で一人暮らしをすることになったが、私の体調を心配する母からは、毎日のように生存確認の電話がかかってきた。新歓コンパの日は携帯の電源を切って遊んでいたが、翌朝になって膨大な着信件数にびっくりした。慌てて折り返すと、山形にいるはずの両親はなぜか福井にいた。私の生存を確認するため、関西方面に向かう夜行列車に飛び乗っていたのである。私の声を聞いた後はホッとして山形へ引き返して行った。

私の日常にはてんかん発作を原因とする危険が潜んでいる。意識を失って転倒すれば頭を打つかもしれない。入浴中に意識を失えば溺れるかもしれない。二次被害のリスクについて私は無自覚だったが、両親は不安と葛藤を抱えていた。この件では深く反省したが、その後も生活リズムは不規則になりがちで、怠薬をすることもあった。私はまだ病と向き合えていなかったのである。

二回生になって久しぶりに大学へ行くと、見覚えのあるおじさんが構内を歩いていた。受験時の面接官で、その後行方知れずになっていたおじさんである。何者なのかと友人に訊ねると、映画作家の佐藤真だと教えてくれた。佐藤さんは私が入学した年にロンドンへ留学し、私も授業をサボりがちだったため、顔と名前が一致するまでに一年半かかったのである。佐藤さんは『阿賀に生きる』の監督として知られていた。新潟県を流れる阿賀野川のほとりに暮らす、三組の老夫婦の日常を記録したドキュメンタリー映画である。入学して間もない頃、ある講師の授業で本作を観せられ、「なんとも心地いい映像だ」と思いながら開始十分で寝てしまったことを思い出した。

「和島君はどうして授業に出ないんですか？」。ある日佐藤さんに声をかけられたことがある。家で寝てます、とも言えずに、「自分の映画の撮影が忙しくて……」などと見栄を張ってしまった。嘘と見抜かれないかそわそわしたが、佐藤さんは少し喜んでいるようだった。「それはいいことですね。撮影なら認め(欠席)にしますよ。その代わり、完成したら観せてね」。それ以降、会う度に「あれ出来た？」と訊かれるので、私は中途半端にしていた映画の編集に取り組まざるをえなくなった。でもそれがきっかけになって佐藤さんに自作の感想を求めたり、卒業制作の相談に乗ってもらうようになった。私の構想に真剣に耳を傾け、言葉少なに急所を突く人だった。すべてを見透かされているようで怖かったが、鋭い批評家に出会えた喜びを感じていた。

卒業制作では長編の劇映画を撮った。主人公は人間関係や進路のことで悩む落ちこぼれの大学生である。てんかんを抱えており、友人に発作を目撃される場面も登場する。この物語は、私自身の体験に基づいていた。撮影の一ヶ月ほど前に、私は好意を持っていた女性の前で発作を起こしたのである。

ある夜、その女性は私の自宅に訪れた。卒業制作の悩みを抱えていたようで、辛辣《しんらつ》な担当教官の愚痴をこぼした。一緒にご飯を食べた後は話すことがなくなったが、深夜になっても帰る気配を見せない。もしかすると私からのアクション待ちなのかもしれないという考えが頭をよぎったが、そんな勇気もなかったので、先に一人で寝た。数時間後に目覚めると、彼女は私の書棚の漫画を読んでいた。私は漫画喫茶みたいな存在だったのかと少し残念に思いながら「おはよう」と声をかけた途端、ミオクロニー発作がおきた。腕の震えを抑えられなくて焦った。漫画の世界に没入していた彼女も私の異変に気付き、ポカンとした顔でこちらを見ていた。そこから先の記憶はない。全身が痙攣する大発作を起こしたのである。動転した彼女は救急車を呼び、救急隊に恋人と勘違いされてさらに動転したらしい。

搬送先の医師からは「あなたの発作は周囲の人間にショックを与えるのだから、体調管理には気をつけてください」と忠告された。不規則な生活や怠薬がたたったのである。一方、何も知らずに私の発作を目の当たりにした彼女の気持ちを想像すると、どう声をかけてよいのかわからなかった。気づくと、彼女とは疎遠になってしまった。

そんな出来事も映画のネタになると思えば気持ちは楽になった。てんかん発作によって露わになった、私の未熟さや他者との心の距離を表現しようと思ったのである。本作を観た佐藤さんは、その造りの粗さに辟易としながらも、「これまでの和島は、ずっと岩井俊二とか誰かのコピーだったけど、この作品では自分の現実を自分のタッチで描いているなあと思いましたね」と、それなりに評価してくれた。そのまま進んでいけばいいんじゃないかと背中を押してもらえたようで嬉しかった。

大学卒業後はあてもなく上京したが、運良く、ＢＳの短編ドラマの演出やメイキング映像の仕事を得ることができた。この業界は想像以上に過酷で、発作を起こさないための睡眠時間を確保することが難しかった。フリーランスの立場の弱さもあって、病名を明かすことはできなかった。病名を理由に仕事を失うことを怖れたのである。発作によって撮影が中断すれば、その分のスタッフの人件費は無駄になる。そんなリスクを背負った監督を起用し続けてくれるだろうか。しかし、制作費を管理する人間はそのリスクを知っておく責任があるのではないか。それに、損失が生じてからでは信頼の回復に時間がかかってしまう。そう思い直し、意を決してプロデューサーに打ち明けると、私が抱えていたリスクに理解を示してくれて、私の体に負担のかからないスケジュールに組み直してくれた。てんかんの悩みは、他者に伝えることで他者への信頼に変わった。

しかし、チームが変わると私は再び病名を伏せて働いた。てんかんに対する偏見は、私の内側にこそ深く根付いていたのである。組む相手との人間関係がギクシャクすれば、てんかんを理由に仕事から外されるのではないかと不安になった。その結果、緊張が緩んだ撮影の帰りの車中で発作を起こしたこともあった。デビュー作となる映画の撮影現場では、視界に虹色の渦が現れ、それに伴い吐き気が止まらなくなった。これまでにない症状だったが、少し休ませてくださいの一言が言えない。映画の現場で働くことは困難かもしれないと思うようになった。

そんなある時、主治医に就労の悩みを相談すると、他のてんかん患者と会うことを勧められた。患者同士で話す方が就労の悩みを分かち合えるだろうし、てんかんと付き合っていくヒントを得られるのではないかということだった。私は少し戸惑ったが、自分と他者を隔てるものだと思っていたてんかんによって、新しい人間関係が生まれることに興味を持った。

以後、主治医の紹介で様々なてんかん患者に会うことができたが、就労のヒントを得られると思っていた私は、途方に暮れてしまった。私の思っていた以上にてんかんの症状は多様であり、それに伴う仕事への支障も、サポートのあり方も異なっていたからである。そんななかで共有できたのは些細な「あるある話」だった。人前で抗てんかん薬を飲むときは風邪薬だと偽ることや、酒を勧められたときの断りづらさ（アルコールは発作を誘発することがあるため）など。他の人にはわからないことだからこそ妙におかしかった。

他の患者と孤立感を共有し、時に笑い合うことで、てんかんに対する私の偏見は徐々にほぐれていった。学生時代に作った映画の中では、他者との関係性を断ち切るものとしててんかん発作を描いたが、今度は、別の意味を持つものとして私のてんかんを表現できるかもしれないと思った。

しかし、当時のように佐藤さんに相談することはできなかった。佐藤さんの訃報が届いたのは、大学を卒業して一年半が経った頃だった。その唐突な死は、私の知っている穏やかな佐藤さんとは結びつかなかった。後になって知ったのだが、佐藤さんは精神的な病に苦しんでいたのである。私は佐藤さんとの関係の希薄さを思い知り、改めて佐藤さんのことを知りたいと思った。

佐藤さんの初めての単著である『日常という名の鏡』（凱風社）には、監督第一作目の『阿賀に生きる』を作りながら考えてきたことや十年をかけて制作する予定だった『トウキョウ』（仮題・未完）の構想などが綴られている。佐藤さんが亡くなってから八年が経つ頃、久しぶりにこの本を開いた。序章には『阿賀に生きる』を作っている間に新潟水俣病の老人たちと向き合いながら唱え続けてきたという言葉が綴られている。

人は社会問題やテーマのために生きているのではない。いかに社会的テーマをかかえていようと、人の日常は平凡でありきたりなものだ。逆に、社会問題やテーマに合致する特別なところだけを、普通の暮らしの中からピックアップすることによってはじめて、社会問題が問題たりえるのだ。この世に障害者や水俣病患者が存在するのではなく、人がそう呼んで区別するから障害者や水俣病患者が生まれる。したがって、その社会問題のあり方は、作り手の政治性によって右にも左にも、白にも黒にもなる。

佐藤真『日常という名の鏡』（凱風社）

テーマ主義のドキュメンタリー映画に対する批判である。私は患者同士の交流の場でよくこの言葉を思い出した。他では共有できない悩みを抱えてやってくる患者たちに愚痴と涙はつきものである。傷の舐め合いと揶揄《やゆ》して離れていく人もいるが、四六時中てんかんについて悩んでいるわけではない。帰り道では趣味や恋愛の話で盛り上がることもある。しかし、てんかん患者の笑い声は社会に届きづらい。街頭演説に立つような勇気ある患者に求められるのは、差別を訴える怒声と涙である。そういう表現が必要なのもわかるが、私はもっと別の、自分の歩んできた人生に沿うような形で、てんかんを抱えて生きる人の日常を表現したかった。

日常の中でめったに顕在化されない「被害」や「加害」の実相を、どのように描いていくのかというのは、当初から私たちに課せられた巨大なテーマであった。水俣病問題の映画にはしたくはないだけで、水俣病を描かないというわけではない。本来は日常の中に埋もれて見えない被害を、「水俣病になって何が一番苦しかったですか」といった質問だけで顕在化させるようなことだけは一切やめよう、と心に決めたまでのことだ。

それでも、言葉にたよらずに、「被害」や「加害」が、日常をあぶり出すことによってはたして描ききれるかどうか、その点に関しては、決して確信があったわけではない。

（同前）

てんかん患者の七割は薬で発作を抑えられているため、病名を伏せて社会に溶け込むことができる。本来できない任務を引き受けてしまい、葛藤している人もいるのではないか。残業や徹夜などに耐えきれず、職場で発作を起こし、信頼を失うこともある。だからこそ、私のように病を隠せてしまえる患者の悩みを、なんらかの方法であぶり出したい。とはいっても、病を伏せている患者にカメラを向けることはできず、仮に撮れたとしても、映画が公開されれば、病を伏せて生きる日常は奪われてしまうかもしれない。私は佐藤さんの影響を受けてドキュメンタリー映画を作ろうとしていたが、その表現と自分の問題意識がどうしても結びつかなかった。

そもそも頭の中で練りあげた構想など、現実を前にすれば必ず打ち壊されるものだ。テーマに寄りかかるのをやめて、現実に打ち壊され続ける過程を真摯に受けとめ、テーマそのものを何度も塗りかえていくしかない。鉄のシナリオを築きあげてしまって現実から何も学ばないのであれば、ドキュメンタリー映画を作ることに何の意味があろうか。現実と出会い、対象を知ることで、スタッフの考え方や生き方すら変容せざるをえなくなるはずである。

（同前）

病名を頑なに隠そうとする患者の性質を知れば知るほど、映画作りという選択を考え直す必要があった。対象との関係によって自分の表現が変化することは自然なことなのかもしれない。だからといって、私に何ができるのかはわからなかった。映画を作り、映画で評価されたいという欲望を簡単には捨てられなかった。

長い間立ち止まっていることに、焦り始めていた。同世代の映画作家が次々に頭角を現しているのに、私の劇場デビュー作は公開一週間で打ち切られてしまった。レビューサイトには辛辣且つ的確なコメントが並んでいる。心の中で誰かのせいにしても、あるいはてんかんのせいにしても、自分の愚かさを痛感するだけだった。
就寝前はとにかく不安や苛立ちが募るので、ラジオをかけて気を紛らわした。「思っちゃったんだからしょうがない」。これはラジオ番組『爆笑問題カーボーイ』（TBSラジオ）の中のコーナータイトルである。その名の通り、リスナーが勝手に思っちゃったことや想像したことを太田光氏が念仏のように淡々と読み上げていくコーナーである。考えてもしょうがないことを誰かに肯定してもらえるって素晴らしい。このコーナーだけを録音したものを聴いてくすくす笑っているうちに安眠できる。我ながら単純である。この経験を機に、てんかん患者に特化した「思っちゃったんだからしょうがない」を作りたいと考えるようになった。

佐藤真監督の特集上映会が行われたのはその時期と重なる。これは二〇一六年に佐藤さんの仕事を振り返る『日常と不在を見つめて　ドキュメンタリー映画作家 佐藤真の哲学』（里山社）という本の出版を記念して、佐藤さんの映画美学校の教え子たちが中心になって企画した上映会である。私も共通の知人を介して手伝いに参加した。この時、佐藤さんの関連書籍を販売する係だったのが私と上川多実さんだった。上川さんは、普段から部落問題をはじめとするマイノリティの問題に取り組んでいる方で、上映期間中は車椅子に乗って来場する観客へのケアを誰よりも素早く丁寧に行っていた姿が印象に残っている。学生時代は自らの部落出身というルーツをテーマにした『ふつうの家』（二〇〇〇年）というドキュメンタリー映画作品を監督しており、その担当教官が佐藤さんだった。私の知らない佐藤さんとの当時の思い出話を聞かせてもらうのも面白かったのだが、いち生活者として部落問題に取り組む現在の上川さんの活動について詳しく知りたいと思った。『部落問題と向きあう若者たち』（内田龍史編著　解放出版社）には上川さんへのインタビューが掲載されている。

関西から西とは異なる、あまりないとされている、東京の部落問題を記録に残しておきたいという思いを抱えていた上川さんは、自身の家族にカメラを向けて『ふつうの家』を制作した。その後も東京に住む部落の靴職人のおじいさんのドキュメンタリーを撮ろうとしたのだが、当時のセルフドキュメンタリーブームと一括りにされたり、部落問題ばかりをテーマに取り上げることへの批判を受けたこともあったという。

私は、部落問題を外に向けて伝えることが目的であって、映画を撮ることが目的ではなかったので、映画界から叩《たた》かれるぐらいなら、ほかの方法があると思って、今は映画からは少し距離を置いています。

それと、こういう映画に足を運んでくれる人というのは、問題意識がある人たちなんです。私が伝えたいのは問題意識もなにもない人たちであって、映画よりももっと有効な方法があるんじゃないかという思いも芽生えてきました。

内田龍史『部落問題と向きあう若者たち』（解放出版社）

上川さんの言うように、問題意識を持たない人たちに伝えるための有効な方法を考えることは大切だと思う。てんかんの問題と映画を無理に結びつける必要はない。そこで私が選んだのはネットラジオだった。ものは言えるが顔を出せないてんかん患者の性質を生かした方法ではないだろうか。見えないてんかん患者の存在をあぶり出す、というよりも、ぽつりぽつりと滴り落ちてくる本音に耳を澄ますような感じかもしれない。それが「てんかんを聴く　ぽつラジオ」で、私にできる精一杯のことだ。

今、私のやっていることというのは、たとえば今日、家に帰ったら「雑誌『部落解放』の取材を受けた」とミクシィ（ソーシャルネットワーキング・サービス）に書いて、そこからママ友と部落問題についての会話が広がっていったらいいなとか、そんなことです。

（同前）

かんたんなことだと思うかもしれませんが、自分の足で立って自分の言葉で伝えていくことは力があると信じていますし、そういうことを継続して積み重ねていくことで、生活のなかで少しずつ部落のことを理解していってもらう、私にとっては、街頭でビラをまいたり集会に参加することよりむずかしいことでもあるし、意義のあることだと思っています。

（同前）

私は「ぽつラジオ」の活動をSNSで告知することで、身近な人たちとてんかんについて普通に話せる機会が増えた。例えば知人からメールが届いて、家族がてんかんなんだと教えてくれたりする。その人が患者の家族という立場でラジオに参加してくれたこともあった。ラジオを始めて二年半が経った頃には、自分の両親をゲストに招いて初めて本音で言葉を交わすこともできた。そんな風に、少しずつ理解を得られることに幸せを感じる。

最後にもう一度『日常という名の鏡』に触れたい。
私は二〇一五年に初めて阿賀を訪れた。映画で挫折を経験し、人生どん詰まりの時期だった。水俣病未認定患者の支援者である旗野秀人さんが出迎えてくれて、『阿賀に生きる』の撮影地を案内してくれた。かつて、阿賀に訪れた佐藤さんを阿賀野川の川筋の家々に案内し、『阿賀に生きる』の発起人となったのも旗野さんだ。

「水俣病問題も、川の暮らしもどうでもいい。この囲炉裏《いろり》や茶の間の出来事をそっくりそのまま撮ってもらえば、立派な映画になるんだ」

佐藤真『日常という名の鏡』（凱風社）

本によると、旗野さんは繰り返しこう語って佐藤さんを挑発したらしい。この言葉が『阿賀に生きる』の原点であり、目標になっていた。囲炉裏や茶の間の出来事をそっくりそのまま……。ラジオを作る時、私は同病者という共通点に甘え、病の苦しみを直接的に聞き出そうとしていないだろうか。ときどき旗野さんの言葉を思い出し、立ち止まりたい。人間のありきたりな日常への思いが溢れている言葉だ。私はこの言葉を携えて人と関わっていきたいと思った。

いま、『日常という名の鏡』は手元に二冊ある。一九九七年に出た初版本と、二〇一五年に出た増補版だ。初版本は佐藤さんが亡くなって間もない頃に古本屋で購入したもので、増補版は阿賀への旅の終わりに旗野さんがくれたものだ。

初版本を初めて開いた時は、佐藤さんが亡くなった理由を探していたようなところがあった。だが、それはもはや重要な問いではなくなった。阿賀からの帰りに開いた増補版には、佐藤さんの生きた痕跡が転がっているように思えた。これからは佐藤さんがどう生きたのかを知りたい。そう思えたとき、私は私なりに前に進めそうな気がした。

本が読めない

ごめん、ベケット

坂口恭平

「表現の対象がない、表現の手段がない、表現の基点がない、表現の能力がない、表現の欲求がない、あるのは表現の義務だけ――というこの表現だ」

ジェイムズ・ノウルソン著、高橋康也訳『ベケット伝』よりさかぐち・きょうへい　一九七八年熊本県生まれ。二〇〇四年、路上生活者の住居を撮影した写真集『0円ハウス』（リトルモア）刊行。以降、ルポルタージュ、小説、思想書、画集、料理書など多岐にわたるジャンルの書籍、音楽、絵などを発表している。二〇一一年五月、福島第一原発事故後の政府の対応に疑問を抱き、自ら新政府初代内閣総理大臣を名乗り、新政府を樹立。希死念慮に苦しむ人々との対話を「いのっちの電話」として、自らの携帯電話（〇九〇-八一〇六-四六六六）の番号を公開。近年は投薬なしの生活を送るようになり、二〇二〇年、その経験と「いのっちの電話」をもとに行ったワークショップを誌上で再現した『自分の薬をつくる』（晶文社）、また「いのっちの電話」を十年続けてわかったことを記した『苦しい時は電話して』（講談社新書）、自らの「薬」として描いた風景画集『Pastel』（左右社）を刊行。

突然ですが、僕は躁鬱病である。と言いつつ、それが何かはよくわからない。もちろん症状としてはよくわかっているのだが、そういう病気があるんだということもよくわかるのだが、診断といっても問診で医師の経験によって言葉であらわされるのみで、もちろんそれは専門家による診断だから信用できないということはないのだが、医師によっても変わってくる。現在では躁鬱病は双極性障害Ⅰ型とかⅡ型とかいう名前になっているのだが、何がⅠ型で何がⅡ型なのかってのは、躁と鬱の起伏が激しいか激しくないかくらいの違いなんじゃないのかなとしか思えない。僕はデパケンという薬を毎日四百ミリグラム飲んでいたのだが、なぜそれが効くのかは医師に聞いても原理はよくわかっていないと言う。それでもこれまでの経験からある一定数の人にはその薬が確かに効く、効くということはつまり、躁鬱の波自体は消せないが、それでも振幅を緩やかにできるということのようだ。と言っても薬が効いているのかどうかはあんまり感じない。でも確かに薬を飲まなくなると、振幅が激しくなっているような気がする。だから僕としては一応、お守り代わりに飲んでいるというのが正直なところである。だから断定はできないし、そもそもそんなこと言ったら風邪ってなんだ？とかそういうことにもなる。僕としては躁鬱病と思って対応した方が生活が安定する可能性が高い、ということだと考えている。

と前置きが長くなったが、僕もしっかり躁鬱病と言われるだけあって、躁鬱の波が激しい。

躁状態マックスの時には（それは二〇一一年に起きた福島第一原発爆発事故が発端となった）現政府は機能が停止していて無政府状態になっている、だから僕が新政府を作らなくてはいけない、作ったからには初代内閣総理大臣になる、と宣言した。新政府を立ち上げて何をしたかというと、借りていた一戸建てのアトリエを、原発事故によって避難せざるを得なくなった人（僕自身も東京を離れ、生まれ育った熊本に避難してきた）が無料で一時避難することができるシェルターとして開放したり、福島に住む子供達が夏休みなどの長期休みの間だけでも、熊本でゆっくりできるようにと五十名ほど無料招待したり、さらには自分の携帯電話番号をテレビ、新聞、インターネットなどで公開し、「いのっちの電話」というサービスを一人で勝手にはじめたりした。そういえば同じ躁鬱病の先輩である北杜夫さんも躁状態の時にマンボウ・マブゼ共和国という独立国家を作ったらしい。主治医に初めて診てもらった時「躁状態ってのはどんなことをすることを言うんですかね？」と聞くと、彼女に「建国を試みたりすることとですかね」と言われ、「あ、僕、建国しちゃいました」と答え、二人で爆笑したことがある。ま、建国と言っても、僕の場合、躁状態がしばらくとんでもない動きをした後はしっかりと鬱が待ってる。上がった分だけ、しっかりと深く落ちていく。しかも、躁状態はやはり「飛ぶ」ので、長くは続かない、一ヶ月くらいだ。しかし、鬱に落ち込むと、その三倍くらい時間がかかる。しかも、いつ戻ってくるのかはわからない。確実なのは、明けない鬱はない、という頼りない言葉だけで、鬱に陥っている時にはなんの励ましにもならない。躁状態の時は今から家に帰ると電話で伝えても、帰ると途中でいろんなところに行ったり、買い物をしたり、人に会ったりと平気で四、五時間かかったりするが、鬱の時はずっと家、しかも書斎に布団を敷いて、ドアを閉めてふさぎこんでいる。そして、いつも、ああこんなことならもう死にたい、死にたい死にたいとそればかり考え始めてしまうのである。ほら、書きながらびっくりするほど反転しちゃってる。

鬱になると、しっかり脳の誤作動が起きているので（それを言うなら躁状態もまた万能感を感じるという脳の誤作動なのだが……）自分はダメな人間だ、もうこの先には何もない、どんどん悪くなる、何もかも悪くなる、金もなくなる、才能なんて元からない、書くのも自信がない、ただ時間がすぎていくのを待つだけの人生、待っているだけで気が遠くなっていく、夕方の時間が辛い、西日が死にたくさせる、なんだこの虚しさは、でも僕はずっとこうやって虚しさを感じてきて、それは小さい時からずっとそうで、楽しい時なんか一度もなかった……おいおい、それはないだろう、というところまで徹底して、マイナス方向に物事を考えて、突き進む。まっすぐ突き進んでいく、あれ、実は思い込みかも？ なんてふりかえりは一切ない。物事は常に両面あるんだから、いいこともあれば、悪いこともあるかもしれない、でも可能性がゼロなんてことはなく、一ミリでもあれば、それは可能性があるってことじゃないか、という風には考えられない。今、僕は躁でも鬱でもない真ん中くらいの感じだと思うのだが（つまり、それは僕の勘違いで、という経験が多すぎたので、真ん中、と僕が口にする時は少し気分はいいはずである）今の僕は、そういうことを書くことができているので、今は全てが悪くなる、なんてことは考えていない。だから、それは僕の考えではないはずなのだが、鬱の時は、何もかもだめ、と感じている自分こそが本来の僕で、調子がいい時は、それをごまかしているんだと言っているらしい（書き残した僕の記録を読むと……）。躁の時と鬱の時とでは、出来事自体の記憶はつながっているのだが、僕の感覚としては「感情」の記憶がつながっていない。鬱の時に苦しんでいた感情を、今の僕は一ミリも覚えていないのである。もちろん逆もまた然りなので、いつか元気になるからさ、と人から言われても全然ピンとこない、どころか、なんでそんな気軽に適当なことを言うのかと怒ってしまったりする（励まそうとしてくれる周りの優しい人たちすみません……）。

と僕の症状について、どんどん書きたいと思うのだが、今回は本、について書こうと思うのでそっちに話を少しずつスライドしていきたい。鬱の時に何が困るって、それは時間が過ごせないということだ。もちろん、脳の誤作動が起きていて、全てが悲観的になってしまって、八方塞がりであると勘違いしてしまうことからくる、死にたい死にたい状態も大変だし、眠れないし、人に会えないし、躁状態の時にカットしていた恐怖心が全て戻ってくるというとんでもない状態にもなるのだが、ジトジトと長く続く鬱の僕はこの、時間が過ごせない、ということに地味にやられている。また気分が戻ってくるまで、ゆっくり布団で寝ていたらいいじゃないか、躁状態の時にしっかり働いたんだから、今は休む時なのよ、とみんな言ってくれる。それはありがたいことだ。しかし、布団に入っても、自分はダメだモードが全開で、思考という電車は山手線みたいにぐるぐると同じところを回っているダメダメ線という回路に間違って入り込んでいるので、ちっとも落ち着いて眠れない（しかも誤作動が起きていることにも気づけないから、これが自然な自分なんだと、だからダメなんだとさらなるダメ出しがはじまる）。落ち着かず、貧乏ゆすり、さらにイライラも重なってきて、部屋にこもっていることしかできないのに、部屋の壁が少しずつ押し寄せてきて、インディ・ジョーンズ状態、息苦しい、ああ、寝てられない、一度立ち上がってみるが、体はだるい、寝てたい、でも頭の中のダメダメ線はラッシュの時間で満員電車、さらに息苦しい、もうどこに逃げればいいんだよ、と台所の妻のところに行くと、子供たちと妻のなんと平和そうな日常的なおだやかさ、もちろんそれは僕の心の安心につながる……はずもなく、僕の末期症状との落差にさらに落ち込み、水を飲み、歯磨きをすると少しだけリフレッシュされるので洗面所でそれをして、また布団に潜る→落ち着かない→ダメダメ線二周目↓焦燥感→やばいと思って立ち上がる→でも何もできずにへタリ込む、みたいなのを延々とループして、逆によく疲れないなと思う。いや、疲れている、疲れすぎてなお眠れない。

つまり、本について書こうと思っても、書けない。読めるわけがないのである。読んでいてもすぐに途方にくれる、気が遠くなる、一文字ずつ追っていくことが無理で、果てしない作業に思えて、この時一切の地道な作業ができない。で、そんな時はどうするか。でも実は、読める本がある、そうだ、それがあったということに気づく。そうだ、これを書けばいいんだ。しかし、それも本当は恥ずかしい。僕は自分のことを書くのが恥ずかしい。嘘だと思われていると思うが、僕がここで書いていることは全部本当のつもりで書いている。ということで、僕の家の中にある本の中で読めた部分だけを書いてみたいと思う。まずはじめにいつも取り出してくるのが、白水社から出ている『ベケット伝』上下巻セットである。それぞれ一冊一万円もするが、僕にとっては薬よりも効くことがあるので安いもんだ。小説家・劇作家であるサミュエル・ベケット（なんと誕生日が僕と同じ四月十三日、と躁鬱病だからか知らないが、僕は数字を全て符号と勘違いしている）の詳細な伝記である。僕は鬱の時は基本的に伝記とか日記の類しか読めない。もともとそんなに本自体読めない。小説なんてほとんど読めない。買うのは好きなのでそれなりに買ってるが読めない。だからここで、僕の読書家としての素晴らしさみたいなことには一切期待しないでほしい。

伝記を読む、といっても頭から読むことはできない、そんなゆったり読めない。焦っているんだから。探すのは、唯一、ベケットが苦しんでいる描写だ。

お金はほとんどない。ぼくはいつも疲れている。（略）家を出てからまとまったものはなにも書いていないし、まとまらないことさえ書いていない。本が生まれそうな兆しすらない。体の不調はたいしたことじゃない、頭の不調に比べればね。体と頭がつながっているのかいないのか、気にもかけないし、ぼくにもわからないんだ。これよりひどい精神の消耗を想像できないだけで充分だ。そんな状態で何か月もふらついたり、汗をかいたりしている。

ジェイムズ・ノウルソン著、高橋康也訳『ベケット伝』上巻（白水社）

ぼくはいつも意気消沈しており、こういった人びとが美しくエネルギーを傾けているのをみると、自分には価値がないと思えてしかたがない。（略）ぼくはまったく一人ぼっちだ。（略）無目的で、病理学的には無精で、弱々しく、意見もなく、不安な気持ちでいっぱいだ。（略）この馬鹿げた日記もなんの役にも立たない、強迫観念にとりつかれた神経症者の行為にすぎない。無駄なことをしているようなものだろう。集中力を欠いた「心が開いた状態」とは、精神の括約筋が永久に弱々しく開いている状態であり、精神はもはやそれ自体の内容以外のすべてのものに対して、あるいは内容をそれ自体が扱うことに対して、それ自体を閉ざす力をなくしている。

ぼくはけっして独力でものを考えたことがない。大変な恐怖のなかでとても長いあいだ初期の思考のスイッチを切ってしまったので、いまではたとえぼくの生（！）が思考に依存しているとしても、三十秒間も考えることができない。

（同前）

不思議なことにベケットの伝記部分はまったく読めないんだけど、ベケットが手紙や日記で書き残している、こういった後ろ向きと言われそうな文字は体にどんどん染み込んでいく。そして、読めてるじゃん！　と自分でも驚く、と思って他の本とか読んでみようかと思って読んでも一切頭に入らない、すぐにあのループに戻って行きそうになる。まずいまずい、とにかく僕はベケットが大変な時に書いた、彼曰く不毛な文章であれば読める、そして、気づくのは、読みたいものがなかっただけで、読みたいと思ったものがあれば、それだけはしっかりと読めるということだ。しかも、それ以外に本に求めることなんかないじゃないか。本が読めないなんて悩んでお前馬鹿じゃないのか、こうやって、読みたいものと出会った瞬間、全ての意識がその言葉に言葉の並びに、まるで声が聞こえるみたいに読めてるじゃないか。それはいつもベケットの大変な様子なんだけど、ごめん、ベケット、そして、僕はふとこう思うのである。

ベケットよりマシだ。

ベケットはむちゃくちゃ大変そうだ。頭はいいのに、繊細すぎて、何事も感じすぎて、感じすぎるからこそ、どこかは鈍感にしておかなくちゃいけなくて、気にしすぎて、肝心の原稿は全然進まないし、でも、ベケットがすごいのは、何度も諦めそうになっているけど、諦めない、不毛だと思っていても、やっぱり少しずつ書いている。それでも長年出版されずにいた。二千枚の小説を書き上げて、それを誰も読んでくれない、出版されないと落ち込んでいた僕は、なんのこれしきベケットに比べたら、屁でもないやろと思った。ごめん、ベケット。いつも僕はベケットを自分を持ち上げるために利用している。そして、ベケットはこの袋小路の状態で、それでも書くということをやめない。むしろ、そこに自分が進むべき方向があるんじゃないかという誰もが選んだことのない道を見出していく。ここが鬱の自分と重なって、すんごいホッとする。

（同前）

正気を失わないために、「（現実との）接点を保つために」書いたあ、書くことって、なんか聡明な人がこの社会をうまく言葉にしたり、自然の様子を描くことだけじゃないんだ、と素朴ですが、鬱の時はそんなこと考えてホッとするんです。このまま、自分の恥ずかしいと思う部分を、でもだからこそ、自分しかやっていない行動であるかもしれないじゃないか、そこを隠さずにやりゃいいじゃないか。なんてことを考えながら、少しずつ元気を取り戻している僕がいるのを感じはじめた。それでもグイグイ読むことはできない。伝記部分はどんどん飛ばしていく。でも不思議と、ベケットが辛い状態の文章を見つけるのはめちゃくちゃうまくなっている。まるでセンサーみたいに機械的に僕は絶望的なベケットの文章を探知していく。ごめん、ベケット。なかなかこんな本ないんじゃないかと思う。ベケットが書いた小説を読むのは大変だけど（でもこれまた、鬱の時には、一行だけスーッと入ってきたりする、でも深い鬱状態ではかなり厳しいと思うのでやめといた方がいいかもしれない）、ベケットの手紙や日記はどんどん読める。僕はベケットのそういう辛い時に書いた文章だけを集めた、薬みたいな本を編纂したい。ベケットは小説の中では、これらの経験をうまく隠して書いているので、それを窺い知ることはできないのだが、僕がやっぱり好きなのは、このベケットが隠しちゃう部分である。そりゃ隠すよね。僕も隠したいもん。辛いことは隠したい。だからこそ、体に入ってくる。本に書かれていないことこそが、実は僕たちが普段考えていることで、本当の声なのかもしれない。

とか、不思議と少しずつ頭が回転しているのを感じる。そういえば、声に関しての文章がどこかにあったはずだ。それもまたベケットだった。あれはなんだったっけ、何かの本の解説のところで引用されてたから覚えているんだ、あれは……と思って積み上がった本を探ろうとしている。鬱できついのに、こうやってほしい一文を求めて本を探す時は全然きつくない。もう喉が渇いてしまって、あの言葉をもう一度見たいと思った時に出てくるこの力はなんだろう、なんて思考回路がダメダメ線から中央線に入っているような感覚にもなっているかもしれない。でも気づくと、すぐにダメダメ線に戻っていく、でも体が動いているのは確かだ。
あ、あった。多分これだ。ということで取り出したのはベケットの『名づけられないもの』の訳者あとがきに出てくる本文中のベケットの言葉。

しかしこれはただ声の問題で、他のイメージはどれも無視すべきだ。声が最後には私を貫いていく、いい声、最後の声、声をもたないものの声で、自分自身の告白の声だ。

サミュエル・ベケット著、宇野邦一訳『名づけられないもの』(河出書房新社)

自分自身の告白の声ってベケットも書いているじゃないか。それは声をもたないものの声だ、と。なんかよくわからないけど、頭の中でカチッと音がした。何かわかったわけじゃないけど、それでも何か新しいことを閃《ひらめ》いて、作りはじめるんじゃない。むしろ、見るべき、聞くべきは、今の自分で、何もできないからだめだと判断するんじゃなくて、今の自分は、声にならない、何事にも置き換えられない状態だ、でもそれをだめな状態、どうしようもない自分、消したいと思うのではなく、そこに目を向けてみたらどうだ。何を当たり前のことを言っているんだよ、とおっしゃるかもしれませんが、鬱の時の僕はそんなこと言ってられません。どうにかして、袋小路だと思っているこの空間から抜け出す、先に進む道を見つけなくてはならないのです。

ベケットの苦しみを一人勝手に追体験させてもらって、しかも、僕の方がまだマシだ、なんて姑息《こそく》な考えで、ベケット兄さんに盾になってもらう形で、僕は体を少し起こせるようになってきたのだが、ベケットはもちろんそれを独力でやっているわけで、そんなこともあり、転機が訪れる。とは言っても、それは出版されたという転機ではない。相変わらず理解もされないし、売れてもない。金もない。戦争中。踏んだり蹴ったりの状態ではあるが、ベケットは自分の書き方を見つける。この転換の部分は鬱明けの偉大なるヒントになると思う。そして十五章ある『ベケット伝』上巻のほとんどが鬱々としているのだが最終章で変化が起きる。第十五章「書くことの狂熱」を布団の中にいるみんなも一緒に、声に出して読んでもらいたい！

その中の一節。

「表現の対象がない、表現の手段がない、表現の基点がない、表現の能力がない、表現の欲求がない、あるのは表現の義務だけ――ということの表現だ」

ジェイムズ・ノウルソン著、高橋康也訳『ベケット伝』上巻（白水社）

僕はこれで何もないと思っていた自分がダメダメ線から抜け出すきっかけになった。鬱になれば、自分なんてダメなんだ、と脳の誤作動が起きてしまうことは避けられない、しかし、それで通常であれば、何もしない、という道を選んでしまいそうになるが、ベケット兄さんは違う。何もない、欲求もない、能力もない、基点もない、手段もない、対象もいない、でも、やる！と今の状態をそのまま変更せずに、でも行動はしてみる、それはリハビリなのではなく、むしろ、その行為を一生やっていくという覚悟は、鬱で苦しんでいる時に唯一見出せる覚悟かもしれない。戻る、ってなんだ、と。今の状態がただ悪くて、良い状態ってのがあって、そっちの方がいいってことなのか、直感に満ち溢れていることがそんなに素晴らしいことで、不毛なことはどこまでも無意味なのか本当に、とベケットは黙ってこちらを見ている。むしろ、こっちでそのままやってやろうじゃないか。軽い躁状態に戻りたい、鬱なんて何一ついいことがない悪だ、と思い込んでいた僕が少しずつ変わっていった。

そして、今では鬱の時に書くようになったのである。鬱に陥るのが恐ろしいことではなくなった。もちろん今でも辛いけど。でも喜びがなくなってしまったからといって、それなら人生が終わりなんだとは思わなくなった。ただそれは声にならないものに、声にすることができないという感覚に満ち溢れているのかもしれないと思うようになった。だから、今こそ、書く時なのである。わかって書いていても、自分自身の声なんか出てくるわけないじゃないか。

また鬱の時がくると思う。だからこそ、ここで僕はまたやってくるかもしれない僕に書いておく。

さあ、今こそ書くんですよ。

傍らにベケット伝を持って。

ありがとう、ベケット

本が読めない。

鈴木大介

自身の書いた原稿に限って僕が読むことができたのは、それがもともと自分の脳内にあった情報を書いたものの「再入力」だったからだ。

読めないけど書ける。自分の書いたものなら読める。

書くことにしがみついたように、僕は自身の書いた文章にもまた必死でしがみつき、何度も何度も読み返したのだった。


（著者）

すずき・だいすけ　一九七三年千葉県生まれ。文筆業。貧困からセックスワークに就く女性や子ども、詐欺集団など、社会の斥力《せきりょく》の外にある人々をおもな取材対象とするルポライターとして執筆活動を行い、主な著書に『最貧困女子』（幻冬舎新書）など。しかし二〇一五年、四十一歳の時に突然、脳梗塞を発症。身体の麻痺は軽度だったが、その後遺症として記憶障害、認知障害などの高次機能障害が残る。その体験を綴ることを自らのリハビリとし、二〇一六年『脳が壊れた』、二〇一八年『脳は回復する　高次脳機能障害からの脱出』（いずれも新潮新書）を刊行。また、二〇一八年、高次機能障害と発達障害などの類次点を探った『されど愛しきお妻様―「大人の発達障害」の妻と「脳が壊れた」僕の18年間』（講談社）、二〇二〇年『「脳コワさん」支援ガイド』（医学書院）、『不自由な脳』（共著、金剛出版）など。小説に『里奈の物語』（文藝春秋）がある。

四十一歳で脳卒中を起こした結果「高次脳機能障害」という中途障害の当事者となった僕は、一度「本を読む機能」を失ってしまった。

そんな僕にとって、傍らにあった本……深く考えると、それは僕自身が当時書いていた、「これから本になる原稿や資料」だったことに、思い至った。

発症から五年。もう僕は様々な本を読むことができる。障害当事者としての立場での書籍や小説なども刊行できたが、こうしてぼくが再び本を読む機能を再獲得したのは、常に僕の傍らに僕自身の原稿がいてくれたからだ。

自ら書くことで、僕は読む機能を取り戻していった。長かったその経緯を、振り返ってみようと思う。

＊

「読めない……ぜんぜん、何もかもが、わからない」

脳梗塞によって緊急入院の措置を受けた僕が、最初に「読むこと」を試みたのは、発症五日後ぐらいのこと。手にしたのは書籍ではなく、コミックだった。

入院病棟に妻が持ってきてくれたその一冊は、『アルスラーン戦記』（講談社）。ファンタジー小説の大家である田中芳樹の小説をベテラン漫画家の荒川弘がコミック化したという贅沢な作品だったが、その新作を前に、僕は三ページほどで心が折れて、ページを閉じてしまった。

左手指は麻痺で動かないが、右手だけでページをめくるのが困難で読めないというわけではない。

「わからない」のだ。

一コマと、そこに書かれているセリフの意味はなんとか理解できる。けれど、一コマ読んで、その後にどこのコマを読めばよいのかわからない。それでも頑張って数コマ読み進めると、あれ？　一度読んだような気がするコマが再び出てくる。いや、再び出てきたんじゃなくて、同じページに二つ同じ絵があるのだ。

どうやらこれは、物が二重に見えているらしい。すごく集中すると、ギュッと焦点が合って、ちゃんとしたコマ割りになる。

よし、なんとか見開きを読み終えて、右手だけでページをめくり、次のページ。だが今度は、

「……話がつながってない？　意味がわからない」

こういう時どうする？　当然、前のページに戻って書かれていることの確認だろう。だが始めの見開きに戻ると……

「これは読んだ記憶がない。ていうか、死ぬほど眠い」

心が折れた。ページは再び二重ににじみ、僕は抗《あらが》えない眠りの沼に包み込まれていった。

*

脳梗塞の後遺症として僕に残った高次脳機能障害とは、「中途障害として発症する発達障害」、または「いきなり進行する認知症」と言うと、なんとなく理解してもらえそうな障害だ。血栓によって脳の一部に血が回らなくなり、酸素を失った脳神経細胞が死滅することによって、注意や記憶、思考スピードや作業の並行処理、言語機能などなど、脳の認知・情報処理機能全般にわたって機能喪失・低下が発生する。

一度死滅した細胞は復活せず、残った部分の細胞が新たな神経ネットワークを構築して、(限定的で徐々にではあるが)機能を再獲得していくこととなるのが、先天性や進行性の脳機能障害との違いである。元通りに戻る「回復」ではなく、「再獲得」だから、戻った機能は病前とはちょっと違うものになる。

けれど、僕がダメージを受けたのは右脳であって、基本的に言語理解に携わる左脳はノーダメージ。失語や失字といった症状はないはずだった。にもかかわらず、僕は読む機能を失ってしまっていた。

漫画の次に挫折したのは、左手指にマヒが残った僕のリハビリ素材として妻が持ってきてくれた、子ども用の「あやとり教本」だ。ページの中に、カラフルな図解で紐と両手指の繰り順が丁寧に描かれ、図に対応した解説はすべてひらがなだった。

五月晴れの空もまぶしい急性期病棟の窓際。妻が丁寧にやってみせてくれたお手本を前に、教本を手にした。

「ゆっくり。焦らないで。ほら、これなら簡単じゃない？」

麻痺といっても指に限定したものだったから、なんとか指に紐を通すことはできる。だが、しばし悪戦苦闘の後に僕は紐と教本をベッドに投げ出した。

「できない」

「ゆっくりやろう」

「で、で、で、きない、じゃなくて、わからない」

「そうか……」

呂律《ろれつ》の障害と吃音《きつおん》のある僕に、普通なら「どうしてこんなものがわからないの？」と問い詰めがちなところ、あっさり「そうか」で返してくれた妻。それは妻自身が高次脳機能障害に症状の近似する発達障害特性を子ども時代から抱えてきていて、小さなころ折り紙やあやとりの教本に挫折した経験があるからだと、あとから知った。ありがたい。ありがたいが、僕自身が問いたい。本当にどうして「わからない」のだろう。読めないというより、わからないのだ。

書かれている文字を読めと言われれば、普通に読み上げられる。書かれた文字の「単語としての意味」はわかる。だがその単語が連なって「文」になると、書き手が何を伝えたいのかがわからないのだった。

急性期病棟での入院生活の中、病院から渡される入院生活の手引や検査の同意書、SNSの投稿まで、僕が読んで理解できるのは、なんとか三行までが限界だった。こうなるともう、一冊の書籍など論外である。

どうしてこんなことになってしまったのだろう。

＊

あれから五年、長い時間と試行錯誤を重ねて障害と向き合い、読む機能を再獲得したいまなら、この「どうして」がわかる。

まず急性期における「漫画を読むと二つの同じコマがある」。複視と言われるこの症状については、脳梗塞という大きなダメージを負った直後の脳が、極端に低い意識の覚醒度と集中力しか発揮できなかったのが理由だ。その感覚は、「必死に集中しないと目の焦点を合わせられない」、いわば徹夜で飲み明かしたのちに朝日差し込む暖かな始発に揺られて睡魔と戦っているような状況に近かったが、急性期と言われる十日ほどの時期をクリアしたあとはかなりのスピードで回復していった。

だが、その他の読めない症状については、高次脳機能障害の様々な症状が合わせ技となって起こっていたもので、かなりの長期間にわたって続くこととなる。

例えば三行以上の文章、ツイッターの百四十文字すら内容が理解できない最大の理由は、「ワーキングメモリ」が大きく低下していたからだ。

ワーキングメモリとは、脳が情報を処理するために小さな記憶を脳内に仮置きする機能で、これが失われた僕は院内購買のレジ会計で店員さんが言った支払額を「小銭を数えている間、憶えていられない」とか、どこかに問い合わせの電話をかける際に、資料に書かれた電話番号を「資料から目を離して携帯にプッシュする間に忘れてしまう」とか、日常生活の些細なことで大きな不自由を抱えることになった。

数桁の数字を記憶できないことは、確実に「文章が読めない・わからない」につながる。一つ一つの単語の意味は理解できても、その単語が連なった一文がどんな意味を成すのかを考えている間に、読んだ単語が脳内からす〜っと消え去ってしまうからだ。

こうなると、一文が区切りなく続いたり、「だが、一方で」など文意が一文内で方向を変えたり、ちょっと見知らぬ単語が出てきたりして「これはどういう意味なんだろう？」と考えた時点で、もうアウト。いま読んだはずの情報が頭から消えて、何を読んでいたのかわからなくなるのであった。

加えて僕には、いくつかの思考を脳内で同時処理すること（マルチタスク）ができなかったり、周囲の情報から必要なものだけに意識を集中することが困難で不要な情報に注目してしまうなどの「注意の障害」や、視野の左側（例えば見開きの左ページ）にあるものの情報を処理しづらいなどの障害も残っていたから、もう手に負えない。

アマゾンの購入履歴を見ると、僕は病棟から高次脳機能障害の当事者手記を取り寄せたり、好きな作家である半村良や坂東眞砂子の小説（電子版）をえらい勢いで購入しているが、そのどれにもくじけた。

必死に読もうとすればするほど、手で本を開き続けたりタブレットを持ち続けているのが困難になる。周囲の騒音やチラつく光などばかりが脳内を満たして、もう自分がどこで何をしようとしているのかすらわからない混乱に、ただ呼吸をすることさえ辛くなってくるのだ。

こうしてぼくは、「文章を読むという脳機能」を失ってしまったのだった。

だが同時に、驚くべきことも起きた。

なんと、読む機能を失ったはずの僕は、「文章を書く機能」をほとんど失っていなかったのだ。

＊

脳外科病棟の朝は早い。高齢の患者が多いためか、朝四時ごろから生活音が始まるのだ。「不要な情報を無視できない」という症状は視覚でも聴覚でも強く出ていたから、とても眠るどころではない僕は起き出して、妻が持ってきてくれた仕事用のノートPCを立ち上げる。左手指の麻痺は特に中指から小指の三指が強かったが、キーボードの左端を左手人差し指か右手で打てば、入力はできる。

ゆっくりゆっくり、文字を入力し、モニター上の文字を確認すると、たいてい打ち間違えがある。もどかしさに発狂しそうになりながら、誤入力を消し、再び自分が書こうとしていたことを頭の中に描き出し、打ち込む。

「全身がサランラップでぐるぐる巻き」「中二病女子的言葉の氾濫」「エンジンが巨大化してブレーキの壊れた車」「ヒサ君の挙動不審な視線」「モスバーガーの会計と鼻水ぶらり」

僕以外の誰にもわからない文面だが、いずれも障害当事者となった僕自身の感覚を考察する中で思いついた言葉や、想起した過去の記憶についての短いメモだった。

言葉を打ち込んでいる間に物音（特にナースコールと点滴の輸液ポンプが電源から抜けているアラーム）がすると、そのとたんに脳内の思考がぶっ飛んでしまうので、こうした作業は早朝にしかできない。

ちょっと気を抜くと復活する複視の症状で、集中できるのは数分だけだが、なんとか僕は文字を紡ぎ続けた。

こうして日々書き出したメモを一文にまとめ上げ、一冊目の闘病記『脳が壊れた』の企画書を新潮社の担当編集に送ったのは、実に脳梗塞発症から十日少々あとのこと。

当時の僕は呂律は回らず視線は右側上方で固定され表情も弛緩し、見舞いに来た友人が「鈴木大介という人間はもう終わったんだなと思った」と後に語るような絶望的な状況だったが、早朝から四時間かけて書いた九百八十八文字の企画書はいま読んでも文意や熱量は伝わるものだし、構文も破綻していない（頑張って見直しながら書いたにもかかわらず、注意障害のため誤変換や脱字まみれではある）。

けれどなぜ、そんなにヨレヨレの状態で数行の文章すら読み通すことのできなかった僕が、企画書なんていうロジカルな文章を書けたのだろう？

読むことと書くことの間に、脳の情報処理におけるどんな違いがあったのか。少々難しい解釈になるが、読者様も一緒に考えてみていただきたい。

まず読むこととは、外部から脳に情報を取り入れて、解釈というプロセスを経て「理解」する行為だ。これは、「食べる」という行為に置き換えるとわかりやすい。

文字を読むことは食物を食べること。解釈や理解は消化であり、吸収された食べ物が血肉となるのは読んだものを記憶し知識として固定することだ。そしてその記憶や知識を文字に書いたり話したりするのは、食物から得たエネルギーで人が活動することに等しい。

僕が読めない人になったのは、消化器官に問題を抱えた者が消化不良を起こすのと同じ。外部から取り入れた情報を処理する脳に問題を抱えたことで、その情報を「解釈や記憶」できなくなったからだ。

となれば、読むことと書くことが同じ言語に関わることであっても全く別の行為だということがわかると思う。

この比喩に従うならば、書くこととは、かつて得た食物がすでに血肉となった身体「そのもの」から発生するエネルギーと、それによる活動だ。血肉とは脳内に蓄積された記憶や知識や経験。エネルギーは思考であり、活動は「言語化されて表出される文字・文章や話し言葉」となる。

そう考えれば、読めなかった僕が書けたことは、理に適《かな》っている。書くという「出力の行為」

には、情報の入力や、その入力された情報を処理する際の障害がそれほど影響しないからだ。

もちろん、脳内で生まれた思考をまとめて言語化する際にもワーキングメモリは必要で、思いついた内容が言語化する前に脳内から消えてしまうこともある。

けれども、すごい！

自分のなかから生まれた情報だけあって、それは「聞いた内容」「見た内容」＝外部からの情報より、はるかに消える速度がゆっくりなのだ。

もっともっとすごいのは、脳内で思考が消えてしまう前に文字にして紙などに書くことができた時点で、その情報は「消えない情報」になってくれるということ。

もちろんこんな脳内の機序にまで思考が回るようになったのはずいぶん先の話だが、頭の中の記憶も思考も、何もかもがスイスイ消えてしまう地獄のような不自由感のなか、僕は唯一できる「書くこと」に必死にしがみついた。

複雑な思考をまとめて言語化するのも困難で「失語症でもないのに上手に話せない」という状況に陥っていた僕にとって、書くことは話すことの代替手段だったし、脳内であっという間に消えてしまう思考をその場で書き留められるペンとノートは、「思考の保持」と、その思考を自分で整理するために不可欠なツールとなっていった。

＊

ありがたいことに企画は誤字まみれだったにもかかわらず、無事通過。月刊誌への連載寄稿から始めることとなった。これが僕にとって、病後初めての執筆作業だ。

七転八倒した記憶が無きにしもあらずだが、なんとか四千五百文字ほどになる初回原稿を書き上げたのは発症から三十五日後のこと。いま確認するとなぜかファイル拡張子がｈｔｍｌ文書で保存されていて当時の錯乱ぶりがわかるが、やっぱり内容そのものはなんとか商業出版物のクォリティを確保できてている。

だがさて、ここで改めて不思議なことに気づかないだろうか？

僕はいま「クォリティを確保」と書いたが、執筆と提出の間には必ず推敲《すいこう》、つまり自身の書いた原稿を「読み返して」、提出できる質にまで磨き上げる作業がある。

そうなのだ。読む機能を失ってしまった僕はなんと、なぜか自分の書いた原稿だけはそれなりにしっかり読むことができたのだ。

ちなみにこの発症一ヶ月付近というと、当事者の手記の本を購入して前書きの「箇条書きの症状リスト」で投げ出した時期だから、その差はもう歴然である。

けれどどうだろう。前段の解釈にお付き合いくださったなら、この謎を理解してもらえるのではないかと思う。

自身の書いた原稿に限って僕が読むことができたのは、それがもともと自分の脳内にあった情報を書いた（出力した）ものの「再入力」だったからだ。

僕は情報の入力と処理に障害を抱えていたが、僕が書いたものである以上、文中には知らない単語や解釈（処理）に困る記述がなく、文章の意味がすんなり入って来る。書かれたものはもともと自身の脳内にあった思考だから、読んだ先から忘れるといったことも少なくて済む。

こんな僥倖《ぎょうこう》があろうか。

読めないけど書ける。自分の書いたものなら読める。少し長めに（一〜二日）執筆を中断した原稿を再開すると「すごくいい文章が書いてあるが自分が書いた記憶がない」なんてこれまた絶望的な気持ちになることも頻繁にあったが、書くことにしがみついたように、僕は自身の書いた文章にもまた必死でしがみつき、何度も何度も読み返したのだった。

忘れられないのは、闘病記の執筆開始を追うように再開した、週刊連載漫画の原作仕事のことだ。

毎週僕が担当編集や漫画家の意向を汲みながらカットの内容や資料なども含むシナリオを書き、それを漫画家さんが絵にしていくというスタイルで進めていた仕事だったから、当然僕が倒れた時点で「作者急病のため休載」。

一刻も早く再開したいということで、回復期病棟に移った僕の一泊帰宅の際に、担当編集が千葉の離島の我が家（最寄り駅まで徒歩一時間）まで来てくれることになった。

季節は夏。妻の運転する暴走車で駅から目を白黒させて到着した担当と、開け放した窓からオケラの鳴き声も賑やかな仕事部屋で、ちゃぶ台に向かい合って話し合う。

とはいえ呂律も回らず思考もまだ全く思い通りにならない状況だった僕は、シナリオの元となるプロットがなぜその流れになるのかを、どうしても口頭で説明することができなかった。

「ここで加藤（主要キャラ）の後輩たちに会わないと、カズシ（主人公キャラ）が本当の意味で加藤の遺志を理解せずに動くことになってしまうんですよ」

「いやでも、ここでまた場面転換して新キャラが出て物語が止まると、ピンチつくって勢いつけた意味がなくなりますよ」

「いやいや、加藤の生きざまはこの物語の骨子だけど、ここでしか回収できません。それが勢い優先で描かれないいなら、カズシのキャラはずっと軽薄なままだし、俺がこの原作書いてる意味もなくなります」

担当の言うこともわかるが、こちらも曲げられない。あくまでエンタテインメント作品としての完成度や読者の反応に拘泥する担当編集者（当たり前のプロ根性）と、物語が立ち止まってでも込めたいメッセージに拘泥する僕（原作者として矜持《きょうじ》）のいずれも譲れぬ対峙。

これはもう、全部書いて見せるしかない。担当をちゃぶ台に残してパソコンに向かった僕は、猛然と文章を繰り出した。

そのキャラクターがなぜそのように動き、周囲はそのキャラにどうしてそのような反応をするのか。背景となる物語やキャラの願いや思いはなにか。資料として書き上げた文章のファイル名は「加藤の生い立ちについて」。あくまで設定だから文字量の制限はない。僕の脳内にあるかつての取材対象をモデルとしたキャラの半生が溢れるように出力され、文字量四千四百十七文字を一時間かけて書き殴った。

直後に計測した僕の血圧は、上が一八〇の下が一〇五だかで、それはもう眩暈《めまい》はするし指も声も震えるわで「脳梗塞が再発した？」と思うような有様だった。けれどこの脳内から溢れるように出力された四千五百文字弱の文章をもとに、戦友ともいえる担当編集は僕の提案するプロットを受け入れてくれた。

プリントアウトされ壁に貼られ、毎週シナリオを提出するたびにじっくり読み返すこととなったこの設定資料こそが、病後半年ぐらいの間でもっとも僕の傍らにあり続けた文章だろうと思う。

月刊連載の闘病記も新たな原稿を書き足すたびに既筆分を読み返すこととなったが、この「加藤の生い立ち」ほどにボロボロになるまで読み返し書き足した文字はなかったし、僕自身の魂を反映させた文章はなかった。壊滅的な脳機能状態のなか、それが僕にとってもっとも読める文章だったのだ。

＊

自分の書いた文章という「読める文章」を得たことは、僕を不自由の底から救い出した。なぜなら、読む機能を取り戻したければ、最良のリハビリはどんなに難しくても「読むこと」だからだ。

身体の麻痺も情報処理機能の喪失も、基本的にそれらの機能を司っている脳神経細胞が壊れた結果。ならば、身体のリハビリが麻痺した部位や動作を繰り返し動かすことであるのと同様に、脳の情報処理機能も「不自由になっていることを繰り返し行うこと」でその機能を再獲得していく。

「読めなければ読む」が正解なのだ。

あれから五年、漫画原作を最終回まで書き終え、障害当事者としての書籍を五冊、対談本や病後に初めて挑戦した小説表現など、漫画を除いても七冊の本を書き上げるなか、ひたすら書き、毎日傍らにある自らの原稿を読み返し、それによって僕は僕以外の人々の書いた様々な本を読めるまでに読む機能を再獲得していった。

いま思えばそれは、書き手である僕なりの自己医療行為だったのだろう。

病前とは少々本の読み方が変わったし遥かに遅読となったが、一度失った読書というものを再び取り戻したいま、それはたとえようもなく贅沢な時間だ。

病後の僕が抱えることになった記憶や認知の障害とは、あらゆる脳・こころ・精神の失調で起きうるものであり、「読む機能」とは意外にあっさり人生の途上で失われてしまうものだと思う。

読者の皆様も、いつかもし読む機能を失ってしまったとき、この寄稿を思い出していただければ幸いだ。

本と病と暮らしと

リワークと私——ブックトークがあった日々

與那覇 潤

一体どこの誰に言われたか知らねーけど
だめとか違うとか言ってくるやつらは
人数いるだけで神様でも何でもねーんだぜ。

中村光『荒川アンダーザブリッジ』より

よなは・じゅん　一九七九年神奈川県生まれ。歴史学者。地方公立大学に勤務していた二〇一四年に双極性障害を発症し、休職を経て離職。二〇一八年、自身の体験を踏まえた『知性は死なない―平成の鬱をこえて』（文藝春秋）、二〇二〇年、『心を病んだらいけないの？』（斎藤環と共著、新潮選書）などの著作で、精神病理を切り口に現代社会の諸問題を考察している。本書では挙げきれなかったリハビリ中に影響された書物についても、後者のブックガイドで紹介した。その他、二〇〇九年、博士論文をまとめた『翻訳の政治学』（岩波書店）、二〇一一年、大学在職時の講義録をまとめた『中国化する日本』（文藝春秋、後に文庫化）、二〇一三年、『日本人はなぜ存在するか』（集英社、後に文庫化）などを刊行、他著書多数。

一　二〇一五年

こんなにみんな喋れるんだ。

大学病院の精神科を退院したぼくが、Sクリニック（仮称）のリワークデイケアを見学に訪れたのは五月末だった。二か月以上も入院しただけあって、最後のころは患者さんどうしで余暇を過ごしたり、看護師さんとジョークを言いあったりできるようになっていた。

そもそも歴史学者だったはずのぼくが、まったく文章を読み書きできなくなったのは、二〇一四年の夏だった。ほんらいはすぐ休職すべきだったのだけど、大学のカレンダーにあわせて、その状態で半年間勤めてしまった。

平成期にうつ病の知名度はだいぶ上がったけど、多くの解説書は「意欲がなくなる病気」といった説明に終始して、「脳の機能障害」だという肝心な部分が伝わっていない。二〇一三年の途中からなにをやっても気分が上がらず、どん底の状態で、ずっと自分を病気ではと疑ってきたぼくでも、まさか「読み書きができなくなる」だなんて症状は想像の外だった。

せめてもの幸運は、投薬がまったく効かないなかで、「通常のうつ病ではなく、躁うつ病（双極性障害／双極症）かも」と思いつくだけの理性が残っていたことだ。病名を鑑別する短期の検査入院に申し込んだところ、「検査どころでなく即、治療のための入院が必要な状態だ」と診断されて、二〇一五年の三月頭からは事実上、ずっと病院にいた。

入院中に起きたことについては、折に触れて紹介しているし（たとえば『歴史がおわるまえに』亜紀書房の序文）、いつか違ったかたちでまとめたい気持ちもある。だから今回は、退院後のリハビリ――リワーク施設の話をさせてほしい。

Sクリニックは入院中、「退院したらリワークに通いたい」と申し出て、精神保健福祉士（PSW）のお姉さんに探してもらった候補のひとつだ。同院のデイケアはうつ病の休職者を主たる対象にしていて、双極症や適応障害にともなう「うつ状態」の人たちも含まれている。だからたぶん元気がなく、寡黙でテンションの低い人たちが集まっているんだろうなと、見学前は勝手に予想していた。

それなのにプログラムではみんな、ぼくよりもよく喋った。入所の後になって、たまたま同じテーブルに話し上手なメンバーが揃っていたと知るのだけど、とにかくそのときはまた「病気でなにも喋れない人」として一から出なおしになるようで、ショックだった。

幸いなことに間もなくわかるけど、こういう状態になるのは、ぼくだけじゃない。

リワークはいくつかのステップに分かれていて、決められた課題をこなさないと次の段階に進めない。読み書きの能力に関してだと、最初の課題は「A4用紙に一枚分、本から文章を引用してタイプすること」、それだけだ。逆にいうと、それですら最初はハードルに感じる参加者がいるくらい、うつの状態で脳にかかる負荷は高い。

ぼくは日本史を教えるのがしごとだ。

健康なとき、右の文の意味がわからないという人はまずいない。だけれども、文字面はおなじでもこう印字されていたら、どうだろう。

ぼ　くは日　本史　を教　え　るのがし　ごと　だ　。

「くは日」って、なんだ？　祝日かなにかだろうか。「本史」というからには、別史や外伝があるのか。「を教」は「お経」の誤植のようにみえるし、「るのがし」はなにかを逃したということなのか。

ふつうの文庫や新書を読んでいるときでも、あらゆる活字が、こんな風に頭に入ってくる。だからなんべん読んでも意味がわからず、むしろ恐怖感が募ってきて、こわい。それがうつの最悪期の状態だと考えてもらえれば、A4で一枚の文章を写すだけでも課題として機能することが、わかると思う。

ぼくは入院時の治療の効果で順調にできたけど、問題は次のステップである「要約」だ。これはさすがに、本を横に置いてタイプするだけというわけにはいかない。書いてあることを文面のままではなく、自分のことばになおさなくてはいけないのだから、比較にならない負荷がかかる。

――どうしよう。

病気になる前は、学者としてあたりまえにやっていた作業が、できそうにない。だけどありがたかったのは、デイケアのプログラムに毎月一回、「ブックトーク」の時間があったことだ。いま読んでいる本、読んで面白かった本を持ってきて、みんなに回しながら口頭で紹介し、感想をシェアする。まだ読んだり話したりが難しかったら、「聴くだけ」の参加もありだ。一冊あたりにかける時間も、決まっていない。紹介を希望する人数しだいで当日調整され、質疑応答も込みで一人あたり十分前後というところか。

つけていた記録で確認すると、ぼくは最初、七月の回でマンガの『ラーメン発見伝』（久部緑郎原作・河合単作画、小学館）を紹介している。天才だけど感じの悪いグルメ王と、センスはあるが青臭い主人公との対決を軸に進む点が、『美味しんぼ』の亜流といわれることもあるけど、原価率や利用客のマナー、口コミ対策といった「経営」の側面が入っているのが大きく違う。登場するラーメンも、実際にお店で商品としてなりたちうるもの。「高級志向の『美味しんぼ』はもはや原価を無視しすぎて、一生誰も食べられないメニューだったりするじゃないですか」

そう紹介すると、聞いている人が顔をほころばせ、笑ってくれる。

久しくなかった感覚だ。それはぼくが病気になるよりも、かなり前からそうだった。もしあなたが地球上でたったひとりの人間だったら、たぶんあなたは「書く」という行為をしないだろう——伝える相手がいないのだから。同じように「読む」という営為も、じつはひとりではできないのだと思う。

なぜ人は読む（ないし、読める）のか。それは書き手の伝えようとすることが、自分にも届くはずだとする確信と、そうやって受けとったパスを周囲の人に回せば、きっとよろこんでもらえるという期待があるからだ。そうした信頼関係がない場所では、人は書くことはもちろん、読むこともできなくなるのではないか。

ぼくは勤めているとき、三回、同僚たちに「騙された」ことがある。ぼく以外の全員にだけ事前に情報を回しておいて、当日いきなり会議に出し、なにがなんだかショックでわからないうちに物事を決めてしまう。『知性は死なない』（文藝春秋）に詳しく書いたけど、なかでもとくに三度目は抜き打ちで、ぼく自身を事実に反する根拠で非難する議題を出された。

こうした、自分を陥れる人たちと一緒に働くことは、ふつうに考えて不可能だ。にもかかわらず無理をして、職場近くの精神科にかかって服薬してまで出勤を続けていたら、やがて読むことも書くことも話すことも、できなくなった。

周囲への信頼がない場所では、じつは「個人」の能力も発揮できない。逆にいうと環境を変えて、目の前にいる人たちとの関係をつなぎなおせる場所に移れば、もういちど、読んで書くことの基礎になる非人称的な（＝ぼくという個人だけに属するのではない）力のようなものが、少しずつもどってくる。

もちろん当時はこんなふうに、自分と周囲を俯瞰《ふかん》して考えていたわけじゃない。だけど本を読んで話した内容に、笑顔で応えてくれた人たちがいたことで、はじめてぼくのなかでなにかのスイッチが入ったことは、まちがいないと思う。

この年にブックトークで紹介したマンガで、ほかに思い出深いのは中道裕大『放課後さいころ倶楽部』（小学館）。六巻目が出る直前だった十一月に取りあげたけど、当時はまさかアニメ化される（二〇一九年）とは思っていなかった。

同作を知ったのは、ボードゲームの専門店だった。入院が大型連休をまたぐとわかったとき、退屈に耐えられないと感じて、病棟で遊ぶゲームを（院外外出の扱いで）買いに行った。店内がボードゲームで埋め尽くされた「こんな空間があるのか」という驚きのなかで、ちょこんと置いてあるコミックに目がとまった。

京都を舞台に、女子高生がボードゲームで学園生活を楽しむ本作の（初期の）主人公は、「遊び」に必要な三つの側面を代表している。ゲームに詳しいミドリは理数系の秀才で、ルールやカードの構成を分析して「論理的」に戦略を立てるのが得意。ただし人の心理を見抜くのが苦手で、その点ではいじめられっ子だった過去があるために、相手の表情や性格を「感覚的」につかめるミキに分がある。転校生のアヤはどちらの面でも抜けた子だけど、かわりにどんなハプニングでも「楽しめる」、底抜けの明るさをもっている。

嬉しいことにデイケアには月に二回前後、ゲームの時間があった。そのときこのマンガを持っていくと、ルールの説明を助けてもらうのにも役に立つ。お子さんのいる参加者が、「学童保育にぜひ置いてほしい」とコメントしてくれたのが印象的だった。

結局、要約の課題はノンフィクションの名作である、D・ハルバースタム『ザ・コールデスト・ウインター　朝鮮戦争』（文春文庫）で書いた。上下二巻の大作で、われながらよくできたなと思うけど、病気の前から興味のある主題で、長いあいだずっと読みたかった作品を選んだのがよかったのだと思う。

読み書きができないところまで破壊された能力は、たぶん「均一」なペースではもどってこない。本人の一番コアにある特性に近い部分や、周囲の人との交流をつうじて活性化された箇所が、まず速やかな伸びをみせて、その後ではじめて「その他のもろもろ」が、ゆっくり牛のあゆみでついてくる。それがぼくの実感だ。

二　二〇一六年

だからぼくは回復のための読書は、「あせらない」ことが大事だと思う。なにがなんでも有益な本、復帰後の仕事につながる書籍でなければ、と決めこんでしまうと、最初のステップになるはずの「伸びやすいところ」が成長できず、かえってスイッチが入らない。

デイケア仲間からほかの施設の例もいくつか聞いたけど、有益そうに〝見える〟内容のカリキュラムに特化しているタイプのところは、評判がよくなかった。なにがスイッチになるかは人によって異なる以上、できるだけ幅広いプログラムを準備して、かつ利用者どうしの交流（たとえば、昼休み中の会話の弾みぶりで判断できる）が活発なリワークのほうが、ほんとうは有効なのだとぼくは思っている。

だからブックトークで毎月紹介することを目標にしつつも、純粋に「むかし読みたくて読めなかったもの」を中心に、マイペースで本を選んでいった。おどろいたのは、学生のころファンだった推理作家の北森鴻《こう》さんが亡くなっていたこと（二〇一〇年没、四八歳）。調理師免許を持ち、日本史にも造詣《ぞうけい》が深い書き手だった。民俗学者や骨董商が主人公のシリーズが人気で、なにより食事のシーンは必ずおいしそうに読ませる。

いちばん好評だったのは二月に紹介した、三軒茶屋のダイニングバー「香菜里屋《かなりや》」が舞台の連作だ（北森鴻『花の下にて春死なむ』以下四冊、講談社文庫）。探偵役はマスターの工藤さんだけど、シャーロック・ホームズのように正式な「依頼」が相談の形で持ちこまれることは、あまりない。お客さんどうしのなにげない会話を聞きながら、その裏にひそんだ事件の謎に店主だけが気づき、解いてしまうパターンが多い。エピソードをまたいでなんどか登場するキャラクターもおり、通読すればあたかも自分も常連客になった心地を味わえる。

むろんデイケアでは飲酒はご法度だけど、なんだか似てるな、と感じていた。通っているあいだは担当するスタッフ（ぼくの場合は臨床心理士だった）がついて、月一度のペースで面談するし、利用者どうしがグループを組んで悩みを相談しあうプログラムもある。もちろんそれらにも助けられたけど、公式の治療の内側だと「大丈夫ですよ」と言われても、つい真意を疑ってしまうことも多い。「親切にしてくれるのは仕事だからじゃないか？　内心ではダメなやつと思っているのでは？」といったぐあいだ。

ランチタイムなどの空き時間は、この点ですごく貴重だ。いっしょにご飯を食べながら「さっきの本、面白そうですね」と言ってもらえたりすると、すっと素直にことばを受けとめられる。

そうした非公式な関係が、どれだけ充実しているかは、リワークにかぎらず実際に働く職場の雰囲気を決めるうえでも、大事なんじゃないだろうか。

大きなボードを広げず、カードだけでできるタイプのゲームだと、こうした昼休みに軽く遊んで、初めて同席する人とも親しむきっかけをつくることができる（入手しやすいところだと、アマゾンでも購入できる「ニューロストレガシー」（ワンドロー）を挙げておく）。まだうまく話せない状態の人でも、プレイする流れのなかで一緒に盛りあがれるし、放っておくと一方的にしゃべり続けてしまうタイプの人は、逆にゲームに関心が集中することで、周囲と話が嚙みあいやすくなる。

――いわば、会話の松葉づえだ。

車椅子の人でも外出しやすいようにスロープを増やそう、と聞いて反対する人は、ふつういない。だけどそうした配慮はもっと細やかに、通院や介助を必要とする狭義の「障害者」ではない人に対しても、発揮されていいし、そうすることができる。（たとえば会話を盛りあげる）「能力」というものを、個人の内側にあると見なすのではなく、さまざまな補助具と組み合わさって、周囲との関係性のうえに発現してゆくものだと、考えることができれば。

回復にはそうした、ゆったりした時間の流れが必要なのだと思う。気《き》忙《ぜわ》しい日常のなかでは、見過ごして死角に投げ入れてしまっていた、人間の真実を拾いあつめるための。

七月に紹介したコミックの『おもいでエマノン』（梶尾真治原作・鶴田謙二作画、徳間書店）は、そんな風に読むこともできる。SF界の重鎮である梶尾さんの名編を、独特のタッチで知られる鶴田さんがマンガにした。エマノンとはNO NAMEを逆さに読んだ命名で、固有の姓名がないかわりに、歴史上に存在した誰でもありえるような、そんな不思議な女性のキャラクターである。

高度成長下、全共闘の争乱や大阪万博の前夜にあたる一九六七年に、若い男性主人公はフェリーの船上でエマノンに出会い、驚くべき話を聞く。彼女は一個人としては一九五〇年に生まれた十七歳の少女だけど、その精神は地球に生命が発生して以降の、すべての記憶をもっているという。もし本当なら、そんな存在が生まれた理由は、なぜ――。

ネタバレはしたくないから、ストーリーはここまでにしておく。ただぼくが伝えておきたいのは、体感時間としては「個人の一生」と「全生命史」を生きている二人がともに過ごす、この作品が湛《たた》えている途方もないやさしさについてだ。

ダイバーシティ（多様性）が大事な時代だと、人はたやすく口にする。でも多様性とはなにか。すでに競争社会で功なり名とげた人が、「じつは発達障害です」「ほんとうはレズビアンでした」とワイドショーで告白して、ファンから拍手をもらうことだろうか。

さまざまな病気や障害、性の志向をもつ人がいっしょに暮らせることは、もちろん大切だ。だけどその基礎には、それぞれの人が「自分のテンポ」で人生を送ることができる、言ってみるなら時間のダイバーシティがなければ、過ごしやすい社会にはつながらないんじゃないか。

かつてうつのような病気はもちろん、個々の性格さえも脳内の化学物質の偏りにすぎないから、薬をサプリのように飲んで自在に変えられるとする議論がはやった。いまもたとえば「超高速の車椅子」みたいな技術を作り出せば、テクノロジーで障害者を「健常者なみ」にできるといって、国や企業から投資を募っている研究者は多い。

そうした未来が仮に実現すれば、たしかに「差別」がなくなるのかもしれない。だけどなんと痩せこけて、みじめなSFだろう。すさまじい物量を投入して、むりやり人間を「標準形」へと加工することで、ようやく苦しんでいる人のつらい気持ちを消せるだなんて。

多様な時間の流れとともに生きることを、おたがい認めあえるなら、はるかに少ないコストでいま、まさにこの場所で、ぼくたちは多様なまま共にいることができるはずなのに。

三　二〇一七年

いつのまにか、リワークでのぼくには「ゲームマスター」なるあだ名が定着して、主治医に大笑いされていた（ちなみに、正しくはこの語はゲームの「司会者」を指すもので、達人という意味はない）。だけどぼくだってそろそろ、この場をどう去るかを考えないといけない。

だから一月のブックトークでは、ゲーム関連の入門書を取りあげている。なかでも、すごろくやの『大人が楽しい　紙ペンゲーム30選』（スモール出版）は紹介したあと、デイケアの本棚に置いてもらうことにした。タイトルのとおり、とくに製品を買わなくても、紙とペンさえあれば楽しめる創作ゲームを多数おさめた本だ。

ぼくのお気に入りは「ワードウルフ」。ただし同書の説明は少しわかりにくいので、インターネットで検索して初心者向けのルールを見つけた方がよいかもしれない。なんども自分が司会をして、プログラムのなかでやってきた。

たとえば十人の参加者に一枚ずつ紙を配るけど、八人には「奈良」と書いてあり、二人だけ「京都」と書いてある（参加者は、本人に配られた紙片しか見ることができない）。ゲームがはじまったらひとりずつ、手もとの言葉について一言コメントしてもらって、誰が少数派なのかを相互に探っていく。二周したあとに投票して、多数派は少数派をあぶり出せれば勝利、逆に少数派は見つからずに逃げきれたら勝ちだ。

自分が多数派かわからないうちはみな不安なので、「地名ですよね」「日本の土地ですよね」などと言っていく。だんだん空気が読めてくると、「修学旅行で行きますよね」「古い都がありましたよね」と大胆になる。しかし、ついつい（京都、が多数派だと錯覚して）「新幹線が止まりますよね」と言ってしまったら、バレてしまってアウト。

こうしたゲームの面白さは、「誰とやるか」で毎回遊びの質が変わることだ。すでに答えはほぼわかっているのに、慎重居士《こじ》で無難なことしか言わない人もいれば、このタイミングでもう勝負かけちゃう？　というくらい果敢な人もいる。逆にいうと発言の内容が同じでも（たとえば「昔行ったことがあります」）、どんな性格の人が言ったかで、平常運転なのか、自信がなくて正体を隠そうとしているのか、ニュアンスがまったく別のものになる。

こうした関係は、かぎられたごく少数の専門家がプラットフォームを整備し、圧倒的多数をその上で躍らせてお金をとる娯楽産業のモデルとは、対極にある。遊ぶひとりひとりの個性自体が、プレイするうちに定められたルールに浸透して、いつのまにかゲームの内実を変えていく。

後に知ることだが、それは一方向的な「治療」ではなく、患者と周囲の人間関係の「相互調整」を重視するようになってきた、精神医療の新しい動向とも近い（詳しくは、斎藤環氏との共著『心を病んだらいけないの？』（新潮選書）を参照）。幸いにもそうした体験の楽しさが伝わり、ぼく以外の人が仕切り役になって、ぼくが紹介したいくつかのゲームをプログラムで遊ぶ機会も増えていった。

――よかった。辞めることに決めた職場と違って、ここにはなにかを「残す」ことができた。

デイケアに寄贈した本では四月に取りあげた、堀田純司『僕とツンデレとハイデガー』（講談社文庫）も忘れがたい。きっかけは昼休み、さる〝超訳〟のニーチェ本を読んでいた参加者が「わけわからない」というのに応えて、つい「それはニーチェの思想と関係ない本だから、わかるはずがないですよ」と教えてしまったことだ。それだけ言っておわりというのも無責任な気がして、読みやすい入門書を紹介することにした。

女子高生がドラッカーに学ぶといった自己啓発書が売れたところに出たこの作品では、無気力な主人公の男子大学生が、デカルトからハイデガーまでの「美少女化した哲学者が通う高校」にタイムワープし、勉強しなおすことになる。面白いのはその仮想世界では、自宅に帰るとツンデレな妹がいて、その日会った思想家に対する「後世からの評価・批判」も教えてくれる点だ。著者の堀田さんは研究者ではないが、単行本版の帯では哲学者の木田元《げん》も推薦《すいせん》していたくらい、内容的にもしっかりしている。

宗教的に迫害されたスピノザがいじめられっ子で、倫理主義者のカントは風紀委員、ヘーゲルはどこか「大人の女性」っぽいなど、キャラをデフォルメするなりにオリジナルにも敬意をはらっているのが嬉しい。紹介するきっかけになった参加者にも、「いままでで一番わかりやすかった」と好評だった。

――この場所こそひょっとしたら、そうした「学校」みたいなものかもしれない。正しい意味での。違う時間の流れかたを体感することで、思考のあり方を変えてみるための。

そう思えるようになった自分にとって、名ばかりの教育施設となりはてるさまを見てきた大学に、留まろうとする理由はなかった。すでにその使命を失った場所を、これからも使命に忠実な者が去る。日本中の職場でいま、病気に関係なく毎日のように起きていることを、自分もやるだけのありふれた一コマだ。

職場には七月に辞意を伝え、翌月以降にあれこれの撤去作業をすませて、十月に退職した。そもそも二年半以上、顔を出していなかったから、とくになんの感慨もない。むしろ問題はリワークの方をいつ、どのように退所するかだった。

なにせゲームマスターと呼ばれるくらいだから、それなりに「元気に回復した」患者ということで通っている。そんな人でも復職できずに失業したよ、みたいな雰囲気を醸して、ネガティヴな影響を周りに残したくない。だからもう少し居座り、翌年頭からふつうに復職するメンバーの多い、年末の卒業ラッシュにまぎれていなくなることにした。

だから十二月のブックトークが、ぼくが本を紹介する最後。逡巡したすえに、病気に直接関連する本と、そうでない本のそれぞれを、ひとつずつ取りあげた。

まず前者は、回復のために読む「参考書」としていちばん有益だった、J・シマンスキー『がんばりすぎるあなたへ　完璧主義を健全な習慣に変える方法』（小林玲子訳、阪急コミュニケーションズ）。副題に表れているように、この本じたいは強迫性障害（OCD）をあつかうものだけど、それ以外の疾患をもっていたり、病気ではないけど毎日が生きづらいという人にも役立つ内容だと思う。

ＯＣＤは日本では潔癖症と同一視されて、「手洗いを止められない病気」だと思われている。映画では軽度の症例をジャック・ニコルソンが『恋愛小説家』で、重度の（実在した）患者をレオナルド・ディカプリオが『アビエイター』で演じて、ひろく知られた。だけど実際にはたんなる清潔志向に留まらない、「完璧でないと納得できず、自分を許せない」思考の癖という性格がつよい。

ぼくは正式に診断されたわけではないけど、自分をずっと（軽度の）ＯＣＤだと思っていた。自分の文章や授業で使うプリントに、一箇所でも誤字を見つけると、猛烈な不快感が心のなかに湧きあがって、苦しいのに抑えられない。もっともシマンスキー氏の場合は、博士論文を書くときの相談で、指導教授と「ある一文を太字にするときには、末尾のピリオド（句点）も太くするべきか」を激論して帰ってきたそうだから、ぼくよりずっと重症だ。

この本では臨床心理学の専門家になった彼が、自身も含めた患者たちが少しでも楽になるための、実践的なテクニックを綴っている。たとえば「あと少しで切りのよいところまで行くから」としてつい働きすぎてしまう人は、まずは楽しみや息抜きの予定を先に手帳に書き込んでから（残りの空き時間で）働いたほうが、過労になりにくい。あるいは「すべての側面で一流の人間でいないとカッコ悪い」と感じてしまう場合は、自分にむけた架空の「弔辞」を書いてみよう。人生が終わったとき、ほかの人にどう記憶されていたいかを考えれば、自然と優先順位がみえてくるはずだ。

――そういえば、ぼくの弔辞に大学や学問の名前なんて、もう必要ない。そんなものなしでも、これだけ多くの人たちと、魂の奥底に触れる交流ができた。それこそが、ぼくの人生でいちばん、大事なことだから。

病気と直接関係しないほうは、コミックの中村光『荒川アンダーザブリッジ』（スクウェア・エニックス）。アニメのほかに実写でもドラマと映画（二〇一一〜一二年）になっただけあって、知っている参加者のほうが多い。

財閥の御曹司にして意識高い系の青年実業家だった主人公（リク）は、自分は金星人だと主張する若いホームレスの女性（ニノ）に助けられる。「人に借りを作ってはいけない。必ずすぐ返せ」とするビジネスマナーを叩きこまれて育っていた彼は、お礼に「恋をさせてほしい」と彼女に頼まれてしまった結果、奇矯で異常なキャラクターばかりが住む荒川河川敷でいっしょに暮らすことになる。

非常識だけど、非常識な生き方にブレがない。／村長の中でそれが一番「本物の生き方」だからよ。／それを貫けるってかっこいいでしょ。

中村光『荒川アンダーザブリッジ』（スクウェア・エニックス）

一体どこの誰に言われたか知らねーけど／だめとか違うとか言ってくるやつらは／人数いるだけで神様でも何でもねーんだぜ。

（同前）

ドタバタしたギャグ（ただし住民はウケねらいでなく本気なので、つっこむのはリクだけだ）の奔流のなかに、時折ふっとこうした箴言《しんげん》が入る。辞めてきた職場と、入院した病院やデイケアを比べたとき、そのとおりだな、と腑に落ちる。

自分は病気ではなく、世間の「常識」にそっていると主張する人ほど、その生き方が日々「ブレ」ているのが、いまの時代の特徴だと思う。選挙ごとに投票先が変わっても、小さな不祥事ひとつでファンからアンチに転じても、一年前とは一八〇度逆のビジネスのビジョンを掲げていても、本人は自分がブレたと思っていない。むしろ一貫して「人数いる」側についていることだけを誇りに、他人に向かって「だめとか違うとか」ばかり言いつづけるのが、彼らの生きがいであるらしい。

ぼくが病気をつうじて、知りあった友人たちから学んだことは、それとは正反対の関係性があり得ることだった。だからこの作品で描かれる河川敷は、ぼくにとっては入院やディケアの隠喩になる。

作中でストーリーの軸になるのは、ほんとうに金星人であることが徐々にあきらかになるニノと、リクの恋愛だ。とはいえ金星人の常識は地球とまったく違うので、（地球人の目線では）なかなか進展しない。リクは最初はニノの反応にずっこけ、時にいらいらするけれど、やがてむしろ、彼女とのそうしたズレを楽しむことをおぼえはじめる。

七巻目の末尾（一九一～一九三話）にいたって、ようやくふたりは二度目のデートをする。金星人には、恋人どうしでも手を握る習慣がない。だけど逆に、地面に長い線で円周を描いて愛情を表現する。そうした食い違いに気づいたとき、たがいに「つっこむ」のではなく、おかしくても相手のマナーに合わせる。美しいラブシーンだと思う。

――別に、他人から見て「ヘン」でもいいんだ。そこに本人なりの誠実さがあり、それを尊重しあえる関係性が、周囲に広がっているのであれば。

最後のブックトークでは、たしかそんな話をして、紹介を終えたと思う。言いたいことは、伝わったんじゃないか。たぶん。

こうして二〇一七年が幕を下ろすのとともに、月一回のブックトークがある日々は終わった。ここからは、このゆるやかな時間の流れのなかで得たものを、デイケアの外の人たちともわかちあうために、ぼくが本を書く番だ。離職前に原稿を出版社に預けていた『知性は死なない　平成の鬱をこえて』の刊行は、翌年四月にせまっていた。

体の中で内戦が起こった。

――原田病と足るを知る暮らし

森まゆみ

化学者パウル・エーリッヒは、動物がなぜ自分に対して抗体を作らないのか、言いかえればどうして自分を「免疫」で攻撃しないかを真剣に考え、'horror autotoxicus'（自己を毒することの恐怖）という名言を残している。

多田富雄『免疫の意味論』より

もり・まゆみ　一九五四年東京都生まれ。作家。一九八四年、季刊の地域雑誌「谷中・根津・千駄木」を創刊し、地元の人々の聞き書きをベースにした雑誌づくりで地域コミュニティの活性化に貢献。一九九二年、サントリー地域文化賞受賞。一九九八年『鷗外の坂』（新潮社）で芸術選奨文部大臣新人賞、二〇一四年『『青鞜』の冒険：女が集まって雑誌をつくるということ』（平凡社）で紫式部文学賞受賞。他著書多数。二〇〇七年、自己免疫疾患である原田病に罹患。二〇一〇年、病後の日々を綴った『明るい原田病日記―私の体の中で内戦が起こった』（亜紀書房）を刊行。みずからの病の体験と東日本大震災を経て、「足る事を知る」ことの重要性を今一度再確認すべく、二〇一七年、縮小社会研究会の松久寛氏との共著『楽しい縮小社会―「小さな日本」でいいじゃないか』（筑摩書房）を刊行。近著に『本とあるく旅』（産業編集センター）など。

ずいぶん前の話になる。

二〇〇七年四月、三年勤めた大学をすっぱりやめて、研究室に溜まった本をトラックを頼んで家に持ち帰った。それから広島に取材に行って雨にあたり、ゾクゾクして新幹線に乗ったら、なんだか世界がコロイド状になった。空気でなくゼリーの中にいるような感じだ。遠近感が摑めず、まっすぐの線が曲がって見え、それもハレーションを起こして、ギザギザに見える。書評を頼まれた本を車内で読み始めたが、頭痛がして、しかも活字が三次元に浮遊して、とても読めなかった。世界が歪んだ。目を閉じると暗い中に黄色い丸がポワンと見える。黒い虫のようなものが動いている。

「目がおかしいの」と帰って中学時代の友人でもある編集者の後藤さんに電話すると、「物書きは目が命だからね。すぐ病院に行ったほうがいいよ」と東京女子医大の眼科医の同級生エッちゃんに予約を取って付き添ってくれた。今は高村悦子教授、診断は原田氏病（あるいは原田病）ということだった。なにそれ。

この病気は一年で百万人に五人程度しか罹患しないので、人口一億人の日本だと年間数百人いるかいないか、あまり知られていない病気である。既往症の人も含めて二万人くらいだろうか。だから少し説明したい。

この病気の研究者として知られる原田永之助の名前から原田病と名付けられるが、少し前にスイスのアルフレッド・フォークト、小柳美三《よしぞう》も報告しており、フォークト＝小柳＝原田病とも呼ばれる。医師の説明によると「なんらかのウィルスが体内に入り、色素（メラニン）に変異を起こさせ、それで自分の免疫（リンパ球）が、これは自分じゃない、とメラニンを攻撃した。それで脈絡膜炎による漿液性《しょうえきせい》網膜剝離、めまい、頭痛、耳鳴り、手足の痙攣、白斑、白髪などの症状を起こし、目に来ると急性ぶどう膜炎を起こし、白内障や緑内障を引き起こすこともある。自己免疫疾患の一種で、治療法はステロイドの大量投与で免疫を下げるしかありません」とのことだった。

そう言われてもにわかに理解はできない。ベーチェット病、サルコイドーシスと並び、ぶどう膜炎を起こす三大自己免疫疾患と言われる。頭痛で脳外科に行って診断がつかないこともあり、症状が出てすぐ大病院の眼科に行って診断がついたのはラッキーなほうで、眼科医でも原田病の患者を診たこともない人は多いという。

入院までにインターネットが得意な次男がいろいろ調べ、「パルス療法という千ミリの大量投与は断ったほうがいいよ」といった。娘は「お母さんだと腹出し病だね」とのんきに笑う。入院するまでにはどんどん視野が暗くなり、全く目が見えなくなり、その辺では本など読む余裕はなかった。越路吹雪の歌うシャンソンの「サン・トワ・マミー」（岩谷時子訳詞）にある「目の前が暗くなる」というのはこういうことか。幸い、私のステロイド点滴は二百ミリ二日、百ミリ二日、八十ミリ二日、百日後の退院時には錠剤で十ミリまで減った。

しかし、ステロイドの二百ミリ投与と言われたってどんな数字かすらわからない。例えばうちの長男はアトピー性皮膚炎で、小学生から野球選手だったが、グラウンドのローラーかけをやらされて手が血だらけになった。そんなときもステロイド入りの軟膏《なんこう》などは極力使わなかった。だが軟膏などに入っているステロイドとは比べ物にならないほど多量なのだと思う。

ステロイドは「免疫を抑える」魔法の薬だが、副作用も多い。免疫が働かなくなるぶん、がんや感染症にかかりやすくなる。肌がツルツルになって、顔がむくんで膨らむ。骨粗しょう症になる。糖尿病にかかりやすい。牛肩という怒り肩になる。女性にヒゲが生えてくる、などのこともあるらしい。しかし一方、ステロイドがなければ生き延びられない患者も多いので、一度「ステロイド禍」と書いたら友人の医師から反論された。

今まで健康そのもの、お産のときぐらいしか病院に行ったことはない。三人の子どもを抱えてシングルマザー、風邪で寝込む余裕もなく、ちょっと具合が悪くても売薬を飲んで済ましていたので、入院生活は新鮮だった。生来、楽天的なので、未知の経験をするのは妙にワクワクした。「失明するかもしれない。でもそれも経験だ。本はもう浴びるほど読んできたしな。読めなくなってももういいや」と思った。入院前に、書評は他の人に代わってもらい、長い連載は一回お休みした。みんな「体のほうが大事だから」といってくれ、嬉しいような寂しいような。「ああ、私がいなくても地球は動く」とガリレオ・ガリレイのようなことを思ったりした。

それでも退院して家に帰ってきたら、住み慣れた家にいることができる幸福をしみじみ感じた。大病をして「人生の優先順位をはっきりさせる」ことができた。義理とか付き合いで、行きたくもない飲み会や祝賀会に参加するのはやめた。というか、飲み会も三時間が限度、「電池切れだあ、ごめんね」と帰ることにした。詩人の伊藤信吉さんに教わった長生きの秘訣は「よく寝、よく食べ、義理を欠く」で、これに従い、漱石じゃないが「自己本位」を貫くことにした。

まあ、それほど長生きをしたいとも思わなかったが。

一方、体の強健さにおんぶして、今まで自分の体のケアを怠り、あらゆる点で不注意だったと痛感した。土浦の自然を守る会代表のリーダーでもある、薬剤師の奥井登美子さんに「ステロイドで免疫が下がると感染しやすいから、外出は控え、手をよく洗い、うがいをすることね」と注意を受けたので、気をつけるようになった。一方、幼稚な考えだが、爪を噛む癖もあり、落ちたおかずも拾って食べていたから、ある意味、菌が体に入って免疫とか抵抗力があったのではないか。


視力が回復して最初に読んだのは、多田富雄『免疫の意味論』（青土社）である。この本は新刊当時、評判だったので、私も買って読んだ。しかし、テーマが苦手な医療分野だし、その時の自分にとって切実ではなかったので、ちっとも頭に入らなかった。それが今は膝を打つ感じなのである。要するに免疫の要諦《ようてい》は「自分と他者を区別する」ことなのだ。「自己と非自己の識別」。それまで免疫とは「一度かかった病気には二度とかからない」というくらいに理解してきた。免疫はそれだけではない。免疫は自分の中に侵入してくる外部者を排除して自分を守る仕組みなのだ。「トロイの木馬」を思い出す。ウィルスはあんな風に、敵の城に侵入するのだろう。言ってみれば、自己免疫疾患はウィルスによって変容された自分と、それを自分でないと考える自分の免疫の、私の体の中で起こった内戦なのである。目の梁《うつばり》が取れたようだった。

そして「免疫」は社会や政治を理解するにも役に立つ。例えば江戸幕府は鎖国というシステムで二百十数年、外部の侵入を防いできた。これも自己免疫の発動だったのだろう。幕末に開国を迫られ、日米和親条約、通商条約などで、「夷狄《いてき》」に門を開いた。しかしそれによって感染症も侵入し、例えば一九一八〜一九年のスペイン風邪の死者はほぼ三十八万人、日清・日露戦争での戦死者およそ十三万人の三倍になる。今回もコロナウイルス感染症の流行でアメリカでは二十万人を超える死者が出て（二〇二〇年九月現在）、これはベトナム戦争で死んだ米軍兵士の数の三倍以上になる。

もちろん移民が生まれた国を離れてよその国に入っていくのは、戦争や独裁による生命の危機を感じた難民であったり、あるいは合衆国における黒人のように人身売買の奴隷として連れてこられたり、または在日朝鮮人のように植民地から宗主国へ労働力として強制連行された結果だったり、望んで移動したわけではないことも多い。それなのに、自分たちと違う文化を持つ彼らは行った先で、他所者《よそ》として排除される。それはある意味、免疫の本質でもあるのだが、それが好ましくない形で働くと黒人や在日朝鮮人への差別や攻撃になり、彼らは理性なきヘイトや集団ヒステリーのような攻撃を受ける。これは「本能」でなく「理性」で合理的な解決を図らなければならない。ある意味で、一つの国が多民族化した時には、共存していくために、ヘイト禁止条例など免疫を抑制するステロイド剤のようなものが必要になるのかもしれない。

国際問題に限らない。盗賊からムラを守るために「七人の侍」は雇われて他者の侵入を許さない。農村に嫁いだフィリピン女性の振る舞いが旧弊な村の顰蹙《ひんしゅく》を買う。いや、日本人でも農業に憧れた若い移住者が、農村で異分子として受け入れられず、泣く泣く村を去るケースも見られた。

「免疫」という概念を使って考えると、いろんなことが腑に落ちるのであった。

病気回復期の私を一番支えてくださったのは、『自主独立農民という仕事―佐藤忠吉と「木次乳業」をめぐる人々』(バジリコ)でその半生を聞き書きした島根の百姓こと佐藤忠吉さんだった。一九二〇年生まれ、生来、体が弱く、ありとあらゆる病気をし、五年間兵隊にとられ、中国大陸でアメーバ赤痢やマラリアにもかかった。それで「玄米少食」の自分なりの健康法を編み出し、日本初の低温殺菌牛乳（パスチャライズ牛乳）を生産し、一九五〇年代から有機農業にも精を出して、お会いした時は八十代後半でお元気だった。農業と食と医学は三位一体であるというのが彼の哲学である。私の父が肺がんになった時も、癌に効くという枇杷《びわ》の種の粉末などを送ってくださったのだが、今回、私には西式健康法を勧めた。そして大阪の八尾で開業する甲田光雄先生のところへ連れて行ってくださった。

西式健康法は大正の頃、提唱された民間療法の一つで、現在も頼りにしている人が多い。

1、朝は野菜ジュース、玄米ご飯、豆腐、練りゴマなどだけに限定された食事。
2、平枕硬床で、足にはサラシを巻いて寝ること。
3、お風呂は冷水と温水を交互に体にかけ、裸療法で十一回体を外気に晒すこと。
4、金魚体操など数種類の体操、などなど。

門前市をなす患者が来ており、診ていただいた甲田先生は、私のお腹を触って、「まあ、ようけ、食べましたな」といわれた。西式のための用具や食料を買う店が並んでいる。その食堂で、玄米ご飯を食べていると、佐藤さんに「食べ方が早すぎる」と一喝された。「腹八分目、それを百回咀嚼《そしゃく》して、唾液を出してゆっくり食べる。米の命、野菜の命、牛や鳥や魚の命を奪って生きていることを忘れてはいかん。貪《むさぼ》らずに地球七十億分の一の暮らしを心がけることです」

西式健康法は厳しすぎ、玄米、豆腐、練りゴマでは、食べることが唯一の楽しみの私は半年しか続かなかったが、学んだことは多い。

まず、朝昼晩、定時だから食べるのではなく、お腹が減ったら食べる。それも多くは食べない。「食べ放題、飲み放題」という広告など見ると吐き気がするようになった。向こうのおスメが後から後から出てくるコース料理も受け付けない。自分が今、本当に食べたいものは何かをよく考え、アラカルトで注文するようになった。一泊二万もする高級宿には泊まらなくなった。出てくる料理が多すぎる。素泊まりか、朝ごはん付き、夜は居酒屋で鯉の洗いとか、からし菜のおひたしくらいで、五勺の酒を楽しむ方がいい。

しばらくは東京のめまぐるしい生活についていけず、宮城県最南端の丸森に病気の前から借りた畑の小屋に住み、自分の畑で野菜を植え、コメの収穫の手伝い、桑の実を落としてジャムを作る、柿渋づくり、蚕の世話などに開けくれた。

ごうごうと森に風の吹く夜は、小屋で本を読んだ。鳴子や蔵王で自炊湯治をしたり、松島湾で釣りをしたり、雪が降ればソリに乗ったりした。そんな楽しい暮らしが二〇一一年の東日本大震災で終わりを告げた。その後は東北へのお手伝いと、二〇二〇年に開かれるはずだった東京オリンピックでの新国立競技場建設計画に反対して市民運動を起こし、それにかまけてまた忙しくなった。

二〇一七年、私は京都の縮小社会研究会の松久寛さんと『楽しい縮小社会』(筑摩選書)という本を出した。そのモットーは「吾唯足知(吾唯足る事を知る)」という龍安寺の庭にある蹲《つくばい》の文字である。地球の人口は私の子供のころの三十億人が七十七億人まで膨れ上がっている。人口が食料生産力を超えれば、飢餓や食料争奪戦争が起こるのは必然。エネルギーも生産量より使用量が増えれば、煮炊きができない、電気は使えない。当たり前である。しかし松久さんは「毎年一パーセントずつエネルギーの消費量を減らしていけば、永遠に百年分のエネルギーを残すことができる」というのだ。

だから経済成長はしなくていい。人口は増えないほうがいい。日本の場合は少子高齢化、確かに人口構造が逆ピラミッドで良くないが、ロボットを含め、若年労働力不足を乗り越える方法はありそう。私は孫を望まなくなった。それより百三十五万もいるという若者から中高年までの「引きこもり」をこれ以上増やさず、働ける人にする方策の方が、先ではないのか。

さて、自分の病気を言えば、原田病は寛解し再発はしていないものの、目の見え方は前と違う。「ぶどう膜が夕焼け状眼底といって薄くなってしまっている上、セロファンをくちゃくちゃにして貼り付けたようなもので、前のようには見えないのでしょう」と主治医はいう。そして、「再発もしないし、失明もしなかったし、ステロイドもうまく切れたので、運のいい方じゃないでしょうか」というのだ。たしかに私は悲惨なケースではない。『明るい原田病日記』（ちくま文庫）を書いてから同じ病気の人から手紙をいただいたり、別のテーマの講演でも来てくれて挨拶してくれる人も増えた。ある女性は怒り肩になったという。ある女性はアメリカで発症し、見つけてもらえなかったという。どうも遺伝子の型によるので、欧米人がこの病気にかかることは少ないらしい。再発して入院したという人もいる。

しかし、辛いことは辛い。朝起きた時から耳鳴りがしている。日によってスースー、ジージー、音がちがう。これも耳鼻科で聴覚検査をしてもらったが異常なし。図書館で借りた本によると、「耳鳴りのほとんどは原因不明、根治は難しい」とあってがっかり。頭痛を訴えると、じゃあ脳外科に紹介しましょう、と言われる。原田病は全身症状なのに、病気を全体で見ないで、全部専門に細分化されている気がする。

私は前は「ほこりじゃ死にゃしない」派のズボラだったのが、すっかり綺麗好きになり、自分のものでないものが机の上に載っていたりすると排除したくなる。これも自己免疫が働くのだろうか。目が見えないので、いろんなものがごちゃごちゃあると、ものが探せない。特に困るのは、メガネが見つからない時だ。老眼が進み、メガネも何度か買い換えたが、メガネがないとメガネが探せない。大抵、メガネは頭の上に乗ってたり、ティーシャツの胸元に引っ掛けてあったりするけれど。

さらに眩しくてたまらない。そらそうだ。ぶどう膜が夕焼け状眼底という薄い色になっており、光線はまっすぐに視神経に飛び込んでくる。裸電球をオシャレだと思っている居酒屋には入れない。BGMが大きな店にも入れない。入れない店とは縁がないと思っておさらばじゃ。LEDは特に直進性があり、薬局やスーパーは商品を綺麗に見せるためかことに眩しいので敬遠する。また、多くの車や自転車のヘッドライトがLEDになると、視神経から脳を直撃するので、夜こそサングラスが必要になった。娘が言うには、「香港マフィアの情婦に見える」そうな。昼間は帽子も必要。ムーンフェイスに目の腫れ、すっかり人前に出るのが嫌いになった。

メガネに帽子といういでたちは、それこそ「色眼鏡」で見られやすい。例えば、私は詩人北原白秋のロイド眼鏡を長らくキザだと思っていたが、彼は「赤い鳥」の子供の作文などの選者もして目を酷使し、目をいたわるためにかけていたのだという。白秋先生ごめんなさい。

LEDは長持ちするし、電力を食わないので、環境時代の騎手のように思われ、原発反対の企業も「照明をLEDに変えました」と誇らしそうに言うのだが、眩しい人には大迷惑である。地下鉄の駅員に「3・11後くらいに電灯を間引きしてもらえませんか」と頼むのだが、「他のお年を召したお客様からは足元が暗いと階段を踏み外す、と逆の注文が多いです」で取り合ってもらえない。中国へ行くと夜は電飾でピカピカだが、ヨーロッパの街路や地下鉄は適度に暗く、あれこそ陰影、雰囲気、哀愁、あれこそが文化だと思うのだが。

中島義道『うるさい日本の私』（角川文庫）を再読した。これは川端康成のノーベル文学賞のスピーチ「美しい日本の私」などをもじったものだろう。新刊時に読んだときは「なんと神経質でこうるさいおじさまだろう」と思った。

中島氏は不必要な公共の場の拡声器騒音にドンキホーテ的な戦いをしつこく挑む。駅員や役人は「利用者への配慮」「マイノリティへの配慮」というのだが、著者はこれは『優しさ』という名の暴力」だという。

確かに日本でバスや鉄道に乗れば、「お子様の手を離さないでください」「揺れますのでご注意ください」「停車してからお立ちください」「切符は前方の切符箱にお入れください」「荷物を席に置かずに譲り合ってお座りください」などのわかりきった注意を次の停留所までのべついいたてる。

耳鳴りになってからはこの本に全面的に賛成だ。例えば目の見えない人のために信号が変わると「通りゃんせ」の悲しいメロディが鳴るが、原田病という別のマイノリティに属する私にとっては苦痛以外の何物でもない。せめて明るい曲にしてほしい。

住宅街の静かな低層マンションに住む経済力はないので、家で仕事をしていると、幹線通りを通る車の音だけでもうるさい。しかも大音声でラジオなどを鳴らしながら走っている。オートバイはわざとエンジン音をふかす。焼き芋だのアイスクリーム売りも、コケティッシュな甘い声で宣伝している。無愛想な声の廃品回収の車もゆっくり走っている。ゴミ収集車は私の家の前の坂を上って左折するときに「左折しますのでご注意ください」を信号が変わるまで繰り返す。区役所にやめてほしいと電話をすると「そうは言っても文京区には盲学校もありますので、配慮が必要です」という。中島先生みたいに戦う気力はない。

病気になって長い間に、私は自分の体の不調を感じ取れるようになった。食べ過ぎで胃をいじめているな、飲み過ぎで肝臓をいじめているな。水はけが悪いな。肩甲骨が凝っているな。足を冷やしてはいけないから靴下を履こう。会議の間は机の下で指もみ、足先の運動をしている。幸い、原田病は再発していない。しかし、視力はどんどん衰えている。自分の仕事に目を取っておくため、好きだった書評や解説の仕事は極力断っている。

昔のようにたくさん本を読むのでなく、ゆっくりゆっくり考えながら本を読む。旅先に本を持って行って読む。目がつらくなったらやめる。目を閉じて読んだことを反芻する。新型コロナの流行になってからも、暮らしも考え方も変わらない。もともと盛り場や人の多いところは寄り付かない。いくらおいしくても並んでまでは食べたくない。予定がないとどんなに一日は長いか。

イベントで小さき手帳を埋めてゆきまたバッテンで消すぞむなしき
ダッカより帰りし息子まっさきにトイレの紙とマスク差し出す
なにひとつ約束もなきこのゆうべ床を磨いて金柑を煮る
言説は飽きたし夜は更けゆくし蕗《ふき》の薹《とり》味噌七勺の酒

これはこのコロナの三月に自ずとできた私の下手な歌である。

アーユルヴェーダやアクロバティックではないゆるいヨガ、薬草や漢方、樹木気功、整体、湯治、ミニマリズム、いろんな考え方を本で学び、良いところは取り入れて、食べ物には気をつけて、スピリチュアルにもならず、サイキックにもならず、絶望もせず、どうにか現在の私は生きている。なるべく小さく生きている。

菫ほどな小さき人に生まれたし　漱石
名月や我は根岸の四畳半　子規

本と、傍らに

常にそこにあるもの

丸山正樹

「生きている時からある程度予想はついていましたけどね。この子がある時逝けば、自分の中にポッと空洞ができるだろうっていうのと、やっと解放されたなって気分になるだろうっていうのが半々だろうって」

木杭で階段を作っている小道を上っていく。

「予想していたとおりでしたか？」私がきく。

「まだ、わからないね。失ったことへのつらさがすぐに出てくるものもあれば、ゆっくり出てくるものもあるでしょう」打海はそういうと、ゴホッ、ゴホッと咳きこんだ。

上原隆「小さな喜びを糧に」より

まるやま・まさき　一九六一年東京都生まれ。シナリオライターとして活動。頸椎損傷という重い障害を持つ妻と生活をともにするうち、さまざまな障害を持つ人たちと交流するようになる。次第に、何らかの障害を持った人の物語を書くことを模索するようになり、二〇一一年、ろう者の両親のもと育った聴者の主人公が手話通訳士となって事件解決に一役買うミステリー小説『デフ・ヴォイス』（文藝春秋）でデビュー。同作が『デフ・ヴォイス　法廷の手話通訳士』として文庫化（文春文庫）されたのに続き、『龍の耳を君に』（創元推理文庫）、『慟哭は聴こえない』（東京創元社）として人気シリーズとなり、二〇二〇年、スピンオフとして『刑事何森　孤高の相貌』（東京創元社）も刊行。他、居所不明児童をテーマにした『漂う子』（文春文庫）など。

私は現在、頸髄損傷《けいずいそんしょう》という重度の障害を負った家人の介護をしている。家人がこの障害を負ったのは一九九一年十月のことなので、二〇二〇年で二十九年になる。ほぼ三十年！　何という年月が経ったのかと愕然とする。何しろあの頃は、家人も私も二十代だった。今日《こんにち》までですでに人生の半分以上を、家人は「障害者」として、私は「介護者」として過ごしているわけだ。

詳細は省くが、家人はとあるスポーツ事故により首の骨を脱臼したことでこの障害を負った。脊髄《せきずい》損傷のうちでも上位にあたる頸髄損傷（頸椎《けいつい》損傷ともいう。いずれの場合も当事者たちは「ケイソン」と略称する）、その中でもかなり重度なC５レベルというもので、簡単に言えば肩から下、ほぼ全身の神経が麻痺し、動かない。感覚もない。ある時点で医師から告げられたのは「よくて一生車椅子、リハビリをしなければ寝たきりになる」ということだった。

簡単に「告げられた」と書いたが、この告知は本人にはすぐにはなされない。症状が固定されるまで様子を見るというのもあるが、障害の「受容」には何段階かのステップを踏むことが必要とされていて、告知も慎重に行われる。私は事故の現場に居合わせており、救急搬送された時からその後の入院生活もほぼつきっきりとなったため、この「受容」のステップにおいてはある意味「当事者」となった。ちなみに、当時はまだ結婚はしておらず、それどころか交際して数か月といういわば「恋人ほやほや」の関係だった。

今思い返しても、この「受容」までの期間が、そばにいる者としては精神的に一番きつかった。おそらく当人もそうだったのではないか。

首の骨を脱臼したといっても痛みは生ぜず、全身の感覚がないこと以外は意識もはっきりしており、しゃべることにも不便はない。入院直後こそ脱臼箇所の整復手術、呼吸管理のための気管切開でＩＣＵに入ってはいたものの、容態は安定していた。今は動けないが、リハビリをすればいずれ動けるようになる、元のような生活ができると、本人も周囲も（私も）思っていたのだ。

しかし、やがてその希望は打ち砕かれ、回復の見込みがないことを知らされる。絶望とともに、退院後の生活への大きな不安を抱えながら、辛いリハビリには耐えなければならない。まさに地獄の日々。

その日々を、私は共にした。家人は沖縄の石垣島というところの出身で、もちろん親は事故の知らせを受けて飛んできたものの、そのまま長く滞在するというわけにはいかなかった。代わりに私が、様々な治療法や回復の可能性を模索し、転院先を見つけ、気力を失っている本人を叱咤激励し、リハビリの必要性を説き、少しでも絶望と不安を和らげるために「将来」への希望を語った。そして何度かのリハビリ入退院を経た後、アパートを借りて共に暮らす道を選んだ。籍を入れたのは、同居生活を十年ほども送ってからのことだった。そのようにして今日に至るまで三十年近く、家人の「介護者」として居続けているわけだ。

＊

実際にどんな生活を送っているか。中々説明するのは難しい。ちなみに、家人が行政サービスとして受けている「重度訪問介護」というものの項目を見てみると、身体介護（入浴、排せつ、食事、着替えの介助など）、家事援助（調理、洗濯、掃除、生活必需品の買い物など）、移動介護（外出時における移動の支援や移動中の介護）となっている。うちはこのサービスを週に三回、一日五〜六時間程度受けており、それと週に一回の障害者施設への通所（デイサービスのようなもの）がある。それ以外の時間のすべてが、私の受け持ちだ。

ヘルパーは泊まることはないので行わないが、夜、寝ている間も、最低二度は体位交換（数時間ごとに寝る姿勢を変えなければ床ずれができてしまう）をする必要がある。そのため私はこの三十年近く、三時間以上続けて寝たことはない。最初は目覚ましをかけていたが、すぐに体がリズムを覚え、タイマーなしでも自然に目が覚めるようになった。深夜に突発的な失禁（ケイソンの人は尿意も便意も感じない）があることも。その場合は洗浄・清拭だけでなく、衣服やシーツもすぐに洗わなくてはならないため、その作業で睡眠時間は半分ほどになる。

日中は、基本的には私は隣の部屋で仕事をし、家人はベッドの上か車椅子に座っている。目の前のテーブルの上にストローを挿した飲み物やテレビのリモコンを置いておけば、自力で水分を補給したりテレビを観たりすることはできる。しかしそれ以外のことはできないため、やれ「ベッドを倒してくれ」だの「目がかゆい」だの「チャンネルが変わらなくなった」だので、しょっちゅう呼びつけられる。病人ではないので、一人にしたからと言って何か重大な事態に陥ることはまずないとは思うが、原則、一人にはできない。

従って、私が出かけることができるのは介護ヘルパーが来ている時間帯のみで、週に三回、往復の時間を入れても最長五時間程度。一日かかる仕事、ましてや地方出張などは無理。夜に出ることも基本は難しいが、どうしてもはずせない打ち合わせや何としても参加したい会合やイベントがある際には、前もって人を探すことが必須だ。

この生活だけをみれば、「献身的」という言葉を思い浮かべる人もいるだろう。実際、病院に毎日せっせと通っていた頃は、「愛の力ね」と看護師さんたちからの人気は絶大だった。そこまで言われないまでも、「よく苦難の道を選んだな」と感心されることは多い。

だが、当人にしてみればそういう意識はない。いや「愛がない」とはもちろん言わない。だが「愛ゆえ」に一大決心してこの道を選んだわけではない。その都度「そうするしかない」という選択をしてきた結果、今がある。正直に言えば今まで、「先々のことまで考えての重大な決断」をしたことは一度もないのだ。

そのため、実は「覚悟が足りていない」ということがままある。「こんなはずじゃなかった」と思いながら日々生きている。それはおそらく、家人の方も同じなのだと思う。向こうにしてみれば、二人の暮らしにおいては、ましてや「結婚」すれば、その生活はすべて自分のために捧げられる、と考えていたのではないか。少なくとも、「自分中心」「介護が第一」の生活になると想像していたはずだ。

しかし、やはりそうはいかない。私にも「自分のため」の時間が必要だし、人並みに感情もある。「なぜ自分がこんなことをしなければならないのか」、あるいは「なぜ自分にはそうすることが許されないのか」と歯ぎしりしたことは数えきれない。家人と口論となり、「出て行く！」と言って飲み屋で管を巻いていたこともある（もちろん数時間後には帰りましたが）。

ここでは一方的に私の思いだけを書いているが、家人にも当然言い分はあるだろう。まさか私が「飲みに行きたいからヘルパーを頼む」などと言うとは思わなかっただろうし、自分としてはのっぴきならない用事で声を掛けたのに、執筆中の私から「うるさい！」などと返ってくるとは想像もしなかったに違いない。不満に思うのも、立腹するのも当然だ。

互いにギリギリのところにいる、のだと思う。それでもこの生活を続けていかなければならないのであれば、双方が何とか「自分だけの時間」を見つけていくしかない。

家人の方は、以前は「詩」を、現在は「絵を描く」ことに唯一の楽しみを見出している。自分で筆を握ることはできないが、自助具《じじょぐ》というものを手にはめ、それにペンや筆を挿すことで筆記や描画が可能になる。筆致は安定せず少し揺れた感じになるが、それが逆に「いい味」になっているように見える。

体調に左右されるのでペースはゆっくりだが、作品も少しずつたまり、二、三年に一回ほど、通っている絵画教室のグループ展に参加するようにもなった。ここで多くの人に作品を見てもらい、評価をいただけることに最大の喜びを感じているようだ。将来的にこういうことが生活の中心になってくれればどれほどいいか、と願わずにはいられない。

そして私の場合は。「自分だけの時間」のほとんどは、「本」とともにある。仕事は「小説を書くこと」であり、一日の中での唯一の楽しみは、就寝前に数十分でもいいから好きな本を読むことだ。

「大きくなったらお話を書く人になりたい」と願っていた私は、長じて、大学を卒業しても就職をせずフリーランスライターになった。その頃はまだバブルの名残があったから何とかなったが、家人と暮らすようになった頃から、仕事は目に見えて減っていった。今さら転職できるはずもなく、在宅でできて、自分の技術や能力を多少なりとでも生かせる道は、と考え、四十歳を過ぎてから小説の新人賞に応募するようになった。

経済的な問題もあったが、それ以上に、当時の私には「今の閉塞状況から何とかして抜け出したい」という思いが強かったのだと思う。自分一人、社会から取り残された気分になっていた。何かにすがるような思いで、日々、一銭にもならない文章をパソコンに打ち込んでいた。

それからおよそ二十年。今、こうして原稿を書くことで生活できるようになった。夢のようではあるが、実はこのことが、家人との間にはいささか軋みを生むことにもなった。

私の中で、少しでも執筆に時間を割きたいという思いが日増しに強くなっている一方で、家人は、介護が、つまり自分がなおざりにされている、という思いを抱いているかもしれない。いや実際は、生活そのものは変わってはいない。むしろ障害福祉制度の度重なる変更や人手不足などにより、他人の手を借りることのできる時間は減っている。この稿を書いている現在は「コロナ禍」の真っただ中にあり、施設への通所は自粛、ヘルパー派遣も半分以下に時短しており、生活が追い詰められている感は拭《ぬぐ》えない。

そんな私を、今も昔も支えてくれるのが、「本」なのだ。

「書く」ようになっても「読む」ことの楽しみは変わらない。いやむしろ、他人が書いた本を読む時間は、以前より貴重なものとなっている。世界には素晴らしい書物が山ほどある。自分がその世界の末端に加えてもらえるようになって、より一層「本を読む」ことの喜びを感じている。

好きな本、紹介したい書物は山とあるのだが、今の生活の力になってくれている本を何冊か紹介したい。

＊

『アルジャーノンに花束を』（ダニエル・キイス著、小尾芙佐訳　ハヤカワ文庫）は、有名な小説で、何度も映画化、ドラマ化もされているのでご存知の方も多いに違いない。「介護」そのものに関連した小説ではないが、何らかの病気や障害を持った者、その身近にいる者の心情――もし自分が同じような立場になったら――について考えるには、これほど適した小説はない。

初めてこの小説を読んだのは、二十代前半、まだ学生の頃だったと記憶している。知人から薦められて手に取った。一読して深い感銘を受け、以来、何度も読み返している。

大筋は、三十歳を過ぎても幼児程度の知能しかないある青年が、「知能を向上させる」手術の被験者第一号として選ばれ、手術を施される。すると、見る見るうちに賢くなっていき……というもの。ＳＦというジャンルに位置付けられてはいるが、「実験」部分以外の描写はリアルだ。

全編、主人公・チャーリイの一人称で語られているため、彼の変化が「文体」にそのまま現われる。従って読む者は、チャーリイの心情が手に取るように分かり、それがなんとも切ない。その切なさがラストの一行に凝縮され、読み返すたびに泣いてしまう。

またこの小説は、「人の本質・価値はどこにあるのか」についても深く考えさせる。別の言い方をすれば、人は、何をもって相手を評価し、愛するのか、ということでもある。

小説の後半、手術から時間が経ち、チャーリイは「やがて元の自分に戻ってしまうのでは」という不安を抱くようになる。苛立ちが募り、周囲に当たり散らしたり自堕落な生活を送るようになったチャーリイを見て、彼のことを最も知るアリスという女性が、こう言う。


「（前略）でもひとつだけいいたいことがあるの。手術を受ける前のあなたはこんなふうじゃなかった。あなたは自分の汚らしさや自己憐憫におぼれたりはしなかった、昼も夜もテレビの前にすわって自分を堕落させるようなことはしなかったし、人をどなったり、かみついたりしなかった。あなたには、あたしたちに尊敬する心をおこさせるようななにかがあった――そうよ、たとえああであってもよ。他の精神遅滞者に見られなかった何かがあった」

「ぼくは実験を後悔していない」

「あたしもよ、でもあなたは以前もっていたものを失ってしまった。あなたは笑顔をもっていた……」

「うつろな、愚鈍な笑顔をね」

「いいえ、あったかい、心からの笑顔よ、あなたはみんなに好かれたいと思っていたから」


ダニエル・キイス著、小尾芙佐訳『アルジャーノンに花束を』（ハヤカワ文庫）

若い頃に読んだ時は、このアリスの言葉が、「おためごかし」にしか聞こえなかった。いくら「みんなに好かれる笑顔」をもっていたとしても、それは「周囲の言うことが理解できずただ笑っているしかなかった」だけなのではないか。嫌われ、いじめられることを忌避するための防御本能でしかなかったのでは、と。

しかし、今は分かる。高い知能を得て周囲から評価されるようになったはずのチャーリイが、人の心を疑い、愛することをやめ、他人を拒絶するようになってしまったこと。そこで失われてしまったものは何か、をアリスは問うているのだ。

前後して、チャーリイが、ウォレンという養護学校に「見学」に行く場面がある。チャーリイは、養護学校での生活に恐れを抱く。「生ける屍《しかばね》」（原文ママ）のように見える彼らに、かつての自分を、そしてこれからの自分を見て。

この箇所を読んだ時に想起したのは、家人が現在通っている施設のことだった。

その施設には私も面談や送迎などで度々足を運ぶのだが、通所しているのは重度の身体・知的障害を併せ持つ人が多く、初めは、家人も私も戸惑った。言葉によるコミュニケーションができない人がほとんどで、どう接していいか分からなかったのだ。しかし、その中の一人の脳性麻痺の青年と文字盤（彼は、足の指で一文字一文字指して表現する）を通じて会話をするようになったのを機に、それまで見えなかったものが見えるようになってきた。

彼らの中にも、深い内面があるということ。喜びや悲しみはもちろん、計算や駆け引きさえも。私たちは、彼らの表面しか見ていなかったのだ。

小説の最後でチャーリイは、かつて恐れた養護学校に行くことを、自分で決める。必ずしもハッピーエンドとは言えないかもしれないが、かといって救いがないものであるとも、決して思わないのだ。

私は若い時分から本と同じぐらいドラマや映画が好きで、小説家になる前はシナリオライターを志し、実際に十年ほどの間は（鳴かず飛ばずの三流シナリオライターではあったが）脚本の仕事をしていた。その原点にあるのが、中学生ぐらいの頃から観続けていた山田太一先生脚本によるドラマの数々である。

現在の私の生活と関わりが深いのが、シナリオ集も出ている「男たちの旅路」だ。

今は亡き鶴田浩二さん演じる吉岡司令補の存在感が圧倒的だったこのシリーズの中でも、特に評価の高い一篇に、「車輪の一歩」という作品がある。

ドラマの冒頭、大勢の客が出入りするショッピングビルの入り口に車椅子の青年たちがたむろしているところから物語は始まる。それを警備士である主人公たちが「排除」しなければならない、という導入が見事だ。車椅子の青年たちは、意図的に、悪く言えば「嫌がらせ」としてその行為を行っている。なぜそんなことをしていたのか、その出来事を機に、吉岡らはそれまで全く知らなかった彼らの現実を知ることになる。

このドラマを最初に観たのは高校生の頃だったので彼らが抱える障害の種類まで考えが及ばず、ただの「車椅子の障害者」としか思っていなかったが、シナリオを読み返したところ、登場人物の一人（斉藤とも子さん演じる「良子」という車椅子の少女）が「脊髄損傷」であるという描写があった。車椅子を自分で漕いだりしているところを見ると、ケイソンだとしても家人よりは少し軽いレベルだろうか。それでも、排尿をコントロールできないため外出中に失禁してしまうシーンは切実で、実際を知っている今ゆえ、より強く共感できるのかもしれない。ドラマの中で吉岡司令補は、「他人に迷惑をかけてはいけない」という気持ちと「なぜ自分たちばかり我慢しなければならないのか」という思いの間で揺れる車椅子の彼らに、こう言う。

吉岡「君たちは、普通の人が守っているルールは、自分たちも守ると言うかもしれない。しかし、私はそうじゃないと思う。君たちが、街へ出て、電車に乗ったり、階段をあがったり、映画館へ入ったり、そんなことを自由に出来ないルールは、おかしいんだ。いちいち、うしろめたい気持になったりするのはおかしい。私は、むしろ堂々と、胸をはって、迷惑をかける決心をすべきだと思った」

山田太一『山田太一セレクション　男たちの旅路』（里山社）

このドラマが放映された頃に比べれば、物理的なバリアフリーは格段に進んではいるが、今でも家人と外に出れば、他人の力を借りたり誰かに迷惑をかけてしまったりする場面は多々ある。数時間の外出の中で、何回「すみません」（感謝と謝罪の両方に使える便利な言葉だ）と繰り返さなければならないことか。直接言われたことこそないが、「世話になっているんだから感謝の気持ちは忘れないように」という「健常者」側の意識はまだまだ根強い気がする。

それでも、このドラマのラストで、良子が「どなたか、私を上まであげて下さい」と初めは小さな声で、しかしやがては周囲に向かって声を張り上げ、それに応えて周囲の人々が近寄ってきたように、まさに「一歩」ずつ、真のバリアフリーが実現する日は近づいているのだと信じたい。

シナリオというものを読み慣れない、読んだことがない人がほとんどだと思うが、読んでいるうちに目の前にシーンが広がってきて、登場人物たちがそれぞれの声で話し出してくる。「シナリオを読む」という経験を、是非味わっていただきたいと思う。

『喜びは悲しみのあとに』（上原隆著　幻冬舎アウトロー文庫）と、『時には懺悔を』（打海文三著　角川文庫）の二冊は併せて読みたくなる。

なぜこの二冊の組み合わせかというと、『喜びは悲しみのあとに』の中の一篇（冒頭の「小さな喜びを糧に」）で描かれている人物が、『時には懺悔を』の著者である打海さん、という関係ゆえ。

今から二十五、六年前のことだが、打海文三さんの『時には懺悔を』を読んで、深い感銘を受けた。しがないフリーの探偵である佐竹という男が出会うある事件の顚末を描いたミステリー小説なのだが、重要な役割を持つ人物として、「新」という障害児を一人で育てる男が出てくる。新は生まれながらにして二分脊椎症《にぶんせきついしょう》と水頭症《すいとうしょう》という重度の障害を併せ持ち、自分で食事をとることも排泄をすることもままならない。そんな息子の世話をする男の様子が克明に描かれ、物語の面白さ以上に強い印象を残す。私の場合とは、ケアする相手の障害の種類も程度も年齢も性別も違うが、一読して「障害者を介護するということがエンターテインメント小説になるのか！」と驚いたことを今でも鮮明に覚えている。

探偵小説としても非常によくできていて、以降、この佐竹シリーズ以外の作品を含め、新刊が出る度に打海さんの小説を買う、ということを続けてきたのだが、大変残念なことにもう十年以上も前に五十九歳の若さで（今の自分の年だ！）亡くなってしまった。

実は打海さんが亡くなったのを知った時、私には非常に気になることがあった。

「あの子はどうなったのだろう」ということだ。

小説に出てくる「障害児の介護」の描写はすべて事実で、現実の打海さんにも同じ障害を抱えたお子さんがいるということを、人づてに聞いて知っていたのだ。そのため（小説の登場人物である聡子《さとこ》が、「父親が逮捕されてしまったらあの子はどうなるの」と心配したように）、打海さんが亡くなってしまって、その子は今どうしているのだろう、ということが非常に気になったのだ。

その心配は、上原さんの『喜びは悲しみのあとに』を読んで、杞憂だったと分かった。上原さんがインタビューをした二年前に、「世《せい》」という名の打海さんのお子さんは亡くなっていたのだ。

海の近くの散歩道を歩きながらそのことを知った上原さんが、思わず「ほっとしましたか?」と尋ねてしまう場面がある。それに対して、打海さんはこう答える。


「それはね、半分はあるんですよ」打海は小さく笑う。「生きている時からある程度予想はついていましたけどね。この子がある時逝けば、自分の中にポッと空洞ができるだろうっていうのと、やっと解放されたなって気分になるだろうっていうのが半々だろうって」

木杭で階段を作っている小道を上っていく。

「予想していたとおりでしたか?」私がきく。

「まだ、わからないね。失ったことへのつらさがすぐに出てくるものもあれば、ゆっくり出てくるものもあるでしょう」打海はそういうと、ゴホッ、ゴホッと咳きこんだ。

上原隆「小さな喜びを糧に」『喜びは悲しみのあとに』(幻冬舎アウトロー文庫)

この後二人は、眼下に横たわる海岸線を眺めながら、「世」についての会話を交わす。元気な頃はよく海に連れてきたこと。亡くなってから、奥さんがよく子供の好きだった歌を歌っては泣いていることなどを話す。最後、上原さんが駅のホームで一人、その「世」が好きだったという歌、「七つの子」の詞を思い出しながら小さく口ずさむところで終わる。「七つの子」という歌も、子供を海につれてくることも小説にそのまま出てくるので、是非読んでほしい。

『喜びは悲しみのあとに』にはこの他にも、「子殺しの裁判ばかり傍聴する女」や、「衣装だけでなく仮面までつけてリカちゃん人形になりきる青年」など、一風変わってはいるが、何とも切ない人物たちが数多く登場する。前作的な位置づけで同じ幻冬舎アウトロー文庫から出ている『友がみな我よりえらく見える日は』（まさにいっときの私の心情そのままのタイトル！）とともに、彼らに向けられる眼差しが常に温かいのは、聞き手であり書き手である上原さん自身が、自らも「欠陥の多い人間」と感じているからなのだろう。そのことにとても共感する。

読んでハッピーになる本もあれば、悲しみや苦しみの真っただ中にいる時、ただ寄り添ってくれる本もある。本にせよ人にせよ、常にそこにいてくれるだけで支えになることもあるのではないか。そんな風に思っている。

それは、ただ生きて在ること

川口有美子

ひとは死が無理に断ちきるであろうもろもろの絆を、あらかじめみずから心のなかで断ち切ることを学ぶ。それができれば、その瞬間に身もかるがるとする。そしてひとびととの残るわずかの共存期間は、その覚悟ゆえにいっそうその内容のゆたかさを増す。

神谷美恵子『生きがいについて』より

かわぐち・ゆみこ　一九六二年東京都生まれ。都立西高卒（三三期生）。夫の海外赴任のためロンドンで暮らしていた最中の一九九五年、母がALSに罹患。その介護体験を記した『逝かない身体―ALS的日常を生きる』（医学書院）で二〇一〇年、第四十一回大宅壮一ノンフィクション賞受賞。他に『末期を超えて』（青土社）、共編著に『在宅人工呼吸器ケア実践ガイド―ALS生活支援のための技術・制度・倫理』（医歯薬出版）など。副理事長を務めるNPO法人さくら会ではヘルパー養成研修会を毎月開催。当面の目標は日本の難病呼吸器ユーザーの豊かな生を世界に知らしめること。都内マンションで猫三匹と理学療法士を目指す息子と同居中。

物心ついた時分には、すでに私は小学校の教員になるということになっていた。親に勝手に決められてしまっていたのだ。しかも婿をとって二世帯同居とし、親が私の子どもの世話をする代わりに、彼らの老後の面倒をみるというシナリオ付きであった。家族規範の強い父は、儒教の教えに従えば、家族は離れ離れになってはいけないとも言っていて、大学も就職先も自宅から通える範囲にしか選択肢はなかった。素直にも私は親に敷かれたレールの上をひたすら辿って、国立の教員養成大学を出ると、東京都の小学校教員になった。

しかし、そうそう子は親の思うようにはいかないものである。私も儒教の教えに従って、自分の家族を構成することにして、就職した年に二十二歳で結婚した。親にしてみれば、そんなに早く嫁にやるつもりはなかったから、ずいぶんショックだったことだろう。それでも大学卒業後三年間は親の望みどおり小学校で教員を務めていたのだから、親の欲望を部分的には満たしたことには違いない。やがて、金融機関に勤めていた夫の海外赴任に伴って、一家揃って渡米することになり、初めて親元から解き放たれた。そしてたくさんの失敗をしながらも私は親に縛られることのない自由を満喫していたのである。ところが、二度目の海外赴任先のロンドンの自宅で、日本の母からALS発症を聞き、再び親元に引き戻されることになるのだった。

「人工呼吸器つけたら生きられるんだって」

「でも、そしたら介護が大変なんだって」

母が私の祖母、姑を在宅介護の末に看取ったのはわずかその七年前のことであった。姑と嫁の長年の確執もあったので、数々の苦労を重ねた母だったのだが、初めての海外旅行先として、近々ロンドンの我が家を訪ねる計画もあったのだ。国際電話の向こうでただ泣いている母はALSが進行しているためか呂律《ろれつ》が回らず、声も出しづらいようだった。実家には当時出版社に勤めていた妹が同居していたが、働きながらやはりまだ現役公務員の父と二人で、母の介護をすると言う。

「ちょっと待って」

受話器を置いて『家庭の医学』を本棚から引っ張り出して、聞いたばかりの病名を調べた。「ALS（筋萎縮性側索硬化症）。索引ですぐ見つかった。読み進めると容赦ない記述が並んでいた。他の神経難病と比較してもALSの進行は早く、二、三年ほどで呼吸筋も麻痺してしまう。人工呼吸器を着ければ生存も可能。しかし全身の麻痺、摂食障害、構音障害、排せつ自力困難などと次々に続く……。二十四時間介護を担う家族の負担が重いとある。

めまいがして本から目を離すと、キッチンの窓から風に揺れるアカシアの木が見えた。いつもと変わらない空の色。でもその時私の運命は反転した。こんな恐ろしいことが私を待っていたなんて。海外生活もけっこう苦労の連続だったのに、突然降って湧いて迫りくる介護生活。

三十代前半にして親の介護が始まってしまうんだ……。何故か他人事《ひとごと》のように思われた。そして自分が不憫でならなかった。でもすぐにでも母のもとに向かわなければ、父と妹だけではどう考えても対応できないだろう。動揺していたが、とりあえず何も心配しないでいいと母には伝えた。

「私が介護するから」「呼吸器をつけて生きられるのなら、もう迷うことない、生きよう」。勇気が言葉になって出た。「私は帰るよ、日本に帰る。子ども二人連れて帰るから一緒に暮らそう」。あとさき考えず言っていた。

それから半年後、私は夫と何度も相談し、意思を固めてロンドンでの気楽な海外生活をきっぱり整理することにした。そして夫を残し子ども二人を連れて帰国した。儒教の教えには背くのだろうが、これは親の介護のための一家離散なのだ。

そして東京の実家に転がり込むようにして、一寸も途切れることのない母の介護に突入した。人工呼吸器をつけて自宅療養する人などは、当時は大変に珍しく、どのようなものかを教えてくれる人もいなかった。だから手探りで始めるしかなかった。それまでは親や夫が定めてくれた生活に、ただ素直に順応していればよかったのに、途方もない私の人生。神経難病の人との試行錯誤の日々は、こうして唐突に始まったのである。

一九九〇年代後半では、まだ人工呼吸器をつけて病院から自宅に戻る患者は珍しかったし、今でも病院から地域医療にバトンタッチすると、専門医の役割はほぼ終了してしまうのが常である。でも都立神経病院の母の主治医で、敬虔なクリスチャンのK先生は何度も自宅療養の母を訪問し、実は医師という立場を離れて先生がもっともなさりたかったであろう事、母のベッドサイドで祈りを捧げられた。

病人の死生に寄り添う人たちの中に神谷美恵子の熱心なファンがいるのだが、K先生もそうだった。今思うにK先生は進行の早い母の呼吸器装着には迷いを持たれていたのかもしれない。でも最終的には家族の総意ということで母は呼吸器をつけてもらい、K先生はいつでも相談に乗るからと約束してくださった。

ALS（筋萎縮性側索硬化症）とは全身の筋力が失われていく難病で、多くの患者は数年のうちに人工呼吸器が必要になる。ただし呼吸器をつけたとしても進行の早い患者の中には意思疎通が全くできなくなる劇症の者がいて、K先生の所見からは母もそうなる疑いが濃かった。それでも母は気管切開して、同時に胃ろうも増設して退院して自宅に戻った。

K先生はお祈りが終わるとこう言われた。

「患者さんの中には、ただ生きていることを喜ぶようになる人がいる。そのことを知っていて欲しい」。でも私は「母を治してください」と心の中でつぶやいていた。「祈りなど何の役にも立たない。病気を治せない医者も同じよ」

現実的な救済が欲しかった。病気を治すのが一番だったが、さもなければ、わずかな時間でも家族と替わって介護してくれるヘルパーに来て欲しかった。痰の吸引や経管栄養の注入が難なくできて、病人の瞬きや口形で意味を読み取れる忍耐強い女性ヘルパーに。

長患いのALS患者の家族は寝ても覚めても病人の傍らに居なければならず、過重なストレスに晒され続ける。自分のやりたいことは何一つままならない。私は人の善意も素直に受け取れなくなっていた。

「母は自分の介護をさせるために私を産んだの？　私の人生はどうなるの？」

何度目かの家庭訪問の時、K先生に怒りをぶつけた。親の犠牲になったと声に出して言ってしまった。母の容体は悪化の一途をたどり、K先生が予見したとおり発症からたった二年半で意思伝達不可能な人になってしまっていた。植物状態の親の延命に費やされる娘の人生……これ以上の無駄はないと思われた。呼吸器をつけたのが間違っていたのか。生きる屍《しかばね》と化した母はただ徒《いたずら》に生かされているだけだ。私はひどく落ち込んでしまい、安楽死させたいと願うようになっていた。

ある日、K先生はそんな私に二冊の灰色の装丁の本を手渡してくださった。

「有美子さんに読んで欲しいから……」

神谷美恵子の『生きがいについて』と『存在の重み』であった。ページを繰ると欄外に鉛筆の走り書き、ところどころ何行にもわたって薄く線が引いてある。付箋や古本売買が流行るまでは、何度も丁寧に読み返された本はメモ書きやページの端折《つまおり》そのままに次の読み手へと受け継がれていたのだろう。この本をもっとも必要としている人の懐へ。余白の書き込みはK先生が私に伝えたいこと。大切なことはここに書かれてあるという印とわかった。

いずれにしても、ひとたびこの世からはじき出され、虚無と絶望のなかで自己と対面したことのあるひとは、ふたたび生きがいをみいだしえたとき、それがどこであろうとも、自己の存在がゆるされ、うけ入れられていることに対する感謝の思いがあふれているにちがいない。もっともささやかな日常のよろこびも、あの虚無の闇を背景に、その光と色のかがやきを増すであろう。陽の光も、木の葉のさやぎもすべて自己の生を励ますものとして感ぜられるであろう。そしてたとえもし現世のなにごとにも、なんびとにも、自分が役に立ちえないとしても、いいあらわし難いあの「瞬間」に、至高の力に支えられているのを感じたならば、その力のなかでただ生かされているというだけで、しみじみと生きがいをおぼえ、その大いなるものの前に自己の生命をさいごまで忠実に生きぬく責任を感じるであろう。たとえもし自分で自分の生の意味がわからなくても、その意味づけすらも大いなる他者の手にゆだねて、「野のすみれのように」ただ大地にすなおに咲いていることにやすらぎとよろこびをおぼえるであろう。

神谷美恵子『生きがいについて』(みすず書房)

無言で横たわる母の寝顔に苦痛の色はなく、野のすみれのように、ただそこにすなおに生きているのだった。そのような生の在り方が私には、ただまだ見えていなかっただけなのかもしれない。もはや生きがいを求めることからも放たれた母は、ただここに存在することだけに集中し、生体の恒常性を保つために全身のエネルギーを使っていた。

そのような生のありようも、少数ではあるものの人間の姿形の一つなのである。しかし、社会の片隅にしか彼らの居場所はなかったために、多くの人に認められていない。それで、生きていても仕方がないなどという、あらぬ誤解が生じてしまう。

こうして私はK先生を通じて神谷美恵子の著作と出会った。そして、多くの熱烈な読者がそうであるように、神谷の思想の清廉さに魅かれて貪るように読んでいった。時にはその慎み深さに反発を感じながらも——神谷はハンセン病患者の現実的救済が何であるかは知っていたはずだが、運動に加担することはなかった——その二冊は手元から離さず、祈りというよりは格闘技のような療養支援と患者運動に熱中し、母の発症から十八年の歳月が経っていた。

その間に、私は頭を冷やして、家族介護に替わるヘルパーの養成派遣事業を始め、その収益で大学院に進み社会学的側面からALSの研究を始めた。そして出版社の編集の人に勧められるまま、みずからの体験をもとに、『逝かない身体』(医学書院)という家族介護の話を書いた。執筆を機に過去を顧みて見えてきたのは、無言で横たわる母の傍らできびきびと介護する人たちの強力な布陣。在宅介護の人の輪の病人にもっとも近いところで私は無心に踊っていたのだ。

二〇〇七年の秋に母は逝き、音信不通であったK先生も人伝てに彼岸の向こうに逝かれたと聞いていた。親の犠牲にされたどころか、今となっては介護に明け暮れていた日々が愛おしくてたまらない。毎日が発見と工夫の連続であったから、当時は「生きがい」を問う余裕すらなかったのだ。

ひとは死が無理に断ちきるであろうもろもろの絆を、あらかじめみずから心のなかで断ち切ることを学ぶ。それができれば、その瞬間に身もかるがるとする。そしてひととの残るわずかの共存期間は、その覚悟ゆえにいっそうその内容のゆたかさを増す。

神谷美恵子『生きがいについて』(みすず書房)

迷わず第一章の冒頭に神谷美恵子の言葉を置いた。ハンセン病患者から多くを学んだ神谷のように、私もALS患者からたくさんのことを教えてもらっている。K先生が言われたとおり、今生きていることを喜べるようになるということも、一日一日をただ生きて在ることが「生きがい」になるということも。

ただし、その境地に至るまでどのように生きられるのか。中にはALSに命を奪われるその前に、安楽死したいという人もいる。現に二〇一九年十一月に京都のALSの女性患者が自ら命を絶ってしまった。それもツイッターで出会った面識のない二人の医師に金銭を渡して「安楽死」を依頼する形で。その嘱託殺人は周囲の人に悟られないように入念に仕組まれていて、その人は誰にも別れを告げず逃げるようにこの世から旅立った。死にたいというよりは、生きることに疲れてしまっていたのだろうと私は思う。

患者会は「ALSと共に生きる」などともいうのだが、本人にとってはそれは容易《たやす》いことではないのはわかる。患者はひとときもＡＬＳから解放されることなく、寝て夢を見ている間も進行してしまうのだ。まったくどこも動かなくなる前に死んでおきたいと願うことを誰が厳しく咎められようか。

しかし、それでもなお私は、その人に生きていてほしかった。

それでもなお生きている大勢のＡＬＳ仲間がいるのだから。その人たちはどのようにして、ＡＬＳが繰り出してくる数々の恐怖から目をそらしているのだろう。それは命の価値とか意義とかを問うのとは、また別の次元の問題である。

発症から死までの期間を無駄で余計な時間とみるのか、それとも小さな幸せが、所々に挟み込まれている時間の断片の連続とみるかの違いなのか……。

自分の生活の質（ＱＯＬ）を主観的に評価できる検査がある。以前、東大の本郷キャンパスで開催された難病研究会に私は親しいＡＬＳ患者と連れ立って参加し、そこでそのＱＯＬ検査を受けたことがあった。その女性患者は経管栄養と呼吸器で生きていたのだが、私から見れば何とも利己的で自己評価も相当甘い人ではあった。そしてやはり思ったとおりに、その人のほうが私よりもずっと主観的にはＱＯＬが高いという判定が出た。私たちは顔を見合わせて笑ったが、その人は一般的な寝たきりの人のイメージからかけ離れた優雅で奔放な療養生活を送っていて、ALSの暮らしに満足していることは、疑いようもなかったのである。翻って健常者であるはずの私のQOL判定は、私の自己評価の厳しさと生活の余裕のなさを反映してか、乏しい結果となって出た。

つまり真理はこうなのではないだろうか。

「自分の生を満喫する者は救われる」

自らの在り方をいつ何時でも「これで良い」と解する思考の回路が、不如意な身体を大事に生きている人に共通してあるようだ。それは神谷が追求していた「生きがい」とは異なるのだが、自分を大事に生きると決めたのなら、その人は自己肯定感によって支えられ、たとえ一人でいても孤独になることはない。たとえ不治の病に伏していたとしても、死を受容する必要もない。生きることに全力で集中していても必ず死は訪れる。だからこそ安心して死ぬまでただ生きればよいのだ。死ぬまで自分を大事にすればよいということなのだ。

最後に再び神谷美恵子の言葉を掲げることにする。

もし彼らの存在意義が問題になるなら、まず自分の、そして人類全体の存在意義が問われなくてはならない。

神谷美恵子『生きがいについて』（みすず書房）

これらの病めるひとたちの問題は人間みんなの問題なのである。であるから私たちは、このひとたちひとりひとりとともに、たえずあらたに光を求めつづけるのみである。

（同前）

本書に登場する本

齋藤陽道

吉野弘『吉野弘詩集』（ハルキ文庫）

頭木弘樹

フランツ・カフカ、ヨハン・ヴォルフガング・フォン・ゲーテ著、頭木弘樹編訳『絶望名人カフカ×希望名人ゲーテ：文豪の名言対決』（草思社文庫）
吉田聡『湘南爆走族』『湘南グラフィティ』（少年画報社）
フランツ・カフカ著、高橋義孝訳『変身』（新潮文庫）
大江健三郎『新しい人よ目覚めよ』（講談社文芸文庫）
フランツ・カフカ著、頭木弘樹編訳『絶望名人カフカの人生論』（新潮文庫）
ドストエフスキー著、原卓也訳『カラマーゾフの兄弟』上・中・下（新潮文庫）

岩崎 航

サン＝テグジュペリ著、堀口大學訳『夜間飛行』（新潮文庫）

種田山頭火『山頭火全句集』（春陽堂書店）
川端茅舎『定本川端茅舎句集』（養徳社）
折笠美秋『君なら蝶に』（立風書房）
ポール・ヴェルレーヌ著、渋沢孝輔訳『フランス名詩選』（岩波文庫）

三角みづ紀
銀色夏生『微笑みながら消えていく』（角川書店）
江國香織『神様のボート』（新潮文庫）
江國香織『ウエハースの椅子』（ハルキ文庫）
江國香織『新潮ムック　江國香織ヴァラエティ』（新潮社）

田代一倫
石牟礼道子『池澤夏樹＝個人編集　日本文学全集24　石牟礼道子』（河出書房新社）
栗田隆子『ぼそぼそ声のフェミニズム』（作品社）
渡辺京二『もうひとつのこの世―石牟礼道子の宇宙』（弦書房）
加藤忠史　不安・抑うつ臨床研究会『躁うつ病はここまでわかった第二版』（日本評論社）

和島香太郎
佐藤　真『日常という名の鏡』（凱風社）
佐藤真他『日常と不在を見つめて　ドキュメンタリー映画作家 佐藤真の哲学』（里山社）
内田龍史『部落問題と向きあう若者たち』（解放出版社）

坂口恭平
ジェイムズ・ノウルソン著、高橋康也訳『ベケット伝』上・下巻（白水社）
サミュエル・ベケット著、宇野邦一訳『名づけられないもの』（河出書房新社）

鈴木大介
鈴木大介『脳が壊れた』（新潮新書）
鈴木大介『脳は回復する　高次脳機能障害からの脱出』（新潮新書）

與那覇　潤
久部緑郎原作、河合単作画『ラーメン発見伝』（小学館）
中道裕大『放課後さいころ倶楽部』（小学館）
北森　鴻『花の下にて春死なむ』（講談社文庫）

梶尾真治原作、鶴田謙二画、『おもいでエマノン』（徳間書店）
すごろくや『大人が楽しい　紙ペンゲーム30選』（スモール出版）
堀田純司『僕とツンデレとハイデガー』（講談社文庫）
J・シマンスキー著、小林玲子訳『がんばりすぎるあなたへ　完璧主義を健全な習慣に変える方法』（阪急コミュニケーションズ）
中村光『荒川アンダーザブリッジ』（スクウェア・エニックス）
與那覇潤『知性は死なない―平成の鬱をこえて』（文藝春秋）

森まゆみ
多田富雄『免疫の意味論』（青土社）
森まゆみ『自主独立農民という仕事―佐藤忠吉と「木次乳業」をめぐる人々』（バジリコ）
森まゆみ『明るい原田病日記―私の体の中で内戦が起こった』（ちくま文庫）
森まゆみ、松久寛『楽しい縮小社会―「小さな日本」でいいじゃないか』（筑摩選書）
中島義道『うるさい日本の私』（角川文庫）

丸山正樹
ダニエル・キイス著、小尾芙佐訳　『アルジャーノンに花束を』（ハヤカワ文庫）

山田太一『山田太一セレクション　男たちの旅路』（里山社）
上原隆『喜びは悲しみのあとに』（幻冬舎アウトロー文庫）
打海文三『時には懺悔を』（角川文庫）

川口有美子
神谷美恵子『生きがいについて』（みすず書房）
川口有美子『逝かない身体――ALS的日常を生きる』（医学書院）

本書は書き下ろし原稿です（川口有美子「それはただ、生きて在ること」のみ『文藝別冊　神谷美恵子』（河出書房新社）に掲載された原稿に大幅に加筆しました）。

病と障害と、傍らにあった本。

二〇二〇年十月三十一日　初版発行
二〇二二年五月十五日　三刷発行

著者　齋藤陽道、頭木弘樹、岩崎航、三角みづ紀、田代一倫、和島香太郎、坂口恭平、鈴木大介、與那覇潤、森まゆみ、丸山正樹、川口有美子（掲載順）

ブックデザイン　服部一成
発行者　清田麻衣子
発行所　合同会社里山社
〒八一〇-〇〇二二　福岡県福岡市中央区今泉二-一-七〇-四〇六
電話　〇八〇-三一五七-七五二四　FAX　〇五〇-五八四六-五五六八
HP　satoyamasha.com

印刷・製本　モリモト印刷株式会社

Printed in Japan ISBN 978-4-907497-12-5 C0095